“十四五”时期国家民文出版项目库项目　民族文字出版专项资金资助项目

百部藏汉文学名著互译丛书

顿月顿珠·智美更登

赤烈曲扎 / 译

四川民族出版社

图书在版编目（CIP）数据

顿月顿珠；智美更登 / 赤烈曲扎译. — 成都：四川民族出版社，2023.12
（百部藏汉文学名著互译丛书）
ISBN 978-7-5733-1113-9

Ⅰ. ①顿… Ⅱ. ①赤… Ⅲ. ①藏戏—剧本—作品集—中国 Ⅳ. ①I236.75

中国国家版本馆CIP数据核字(2023)第208407号

百部藏汉文学名著互译丛书

DUNYUE DUNZHU ZHIMEI GENGDENG

顿月顿珠·智美更登

赤烈曲扎 / 译

出 版 人	泽仁扎西
责任编辑	卓玛拉措
责任印制	泽仁康珠 秀 拉
出版发行	四川民族出版社
	（四川省成都市青羊区敬业路108号）
成品尺寸	148mm×210mm
印 张	6.25
字 数	115千
制 作	成都华桐美术设计有限公司
印 刷	成都兴怡包装装潢有限公司
版 次	2023年12月第一版
印 次	2023年12月第一次印刷
书 号	ISBN 978-7-5733-1113-9
定 价	50.00元

编委会名单

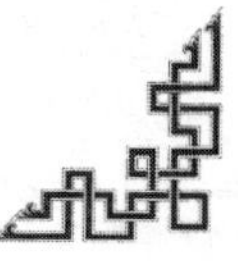

目　录

顿月顿珠

很久以前，在天竺有一个叫桑岭的大国。这里的国王是一个虔敬佛法、慷慨施舍、执法如山、铁面无私的严明君主。由于他治国有方，因而国政兴盛，人民安乐。王后贡桑玛也是一位心地善良、诚实忠厚的贤惠贵妇。她皈依佛法，虔信供奉三宝从不懈怠。可是多年来，国王和王后却未能生得一个儿子。如果照此下去，将会面临王族政权后继无人而导致国败民乱的危险。为此，国王、王后以及宫廷的侍臣们都焦虑不安。

有一天，近臣们在反复商议后前来晋见国王，说道：

启禀国王陛下，
请恕我们冒昧进言。
为使王室永绍隆，
恩被四方善业兴。
心如火焚急切盼，
盼能早日降王子，
继往开来承大业，
慈愍感怀度众生。
曾闻禳灾能得福，
竭尽全力愿效忠。

国王答道：

贤明之臣听我言，
百虑一致为国民。
祈福禳灾为求子，
要行此事须谨慎。
礼佛供神非一般，
指点还得请名家。
且待卦师卜算后，
明辨是非方能成。

国王说到这里，先给近臣们颁布了有关上供三宝、下施贫民、侍奉众生之事宜，然后，命他们去请卦师。大臣们遵命，马上开始行动。他们上下忙碌，四处奔波，在当地寻得了一位精五行说、善占卜①的卦师，名叫根尼扎。他们把这位卦师请到王宫，引见给国王。国王对她说：

皈依三宝佛、法、僧，
向怙主②稽首表虔敬，
祈求加持开恩典，
如愿以偿兴桑岭。

①占卜，指古时用火灼龟甲，以那灼开的裂纹来推测出事情吉凶的方法。后来也指用其他方法预测吉凶。

②怙主，指众生所依靠、凭恃的对象，此指佛祖。

昔以佛法理国政，
利益众生含悲悯。
今为求子继父业，
王内夷外得太平。
望你神机加妙算，
认真仔细来占卜。

卦师领旨答道：

国王之命重如金，
感恩戴德按令行，
待我回去卜算后，
即刻前来禀告您。

卦师说完，便告辞回家，积极开始卜算。她先设坛场敬供，念诵真言道：

祈本尊三宝之圣谛，
求护法神之大威德，
为满足桑岭王之愿，
卜算出求子之妙法。

经认真细心地卜算，所得结果都很吉祥。卦师高兴地跑到国王面前，向他禀告道：

谨向文殊菩萨磕头礼敬，
得妙吉祥加持而赐智慧。

启禀尊敬的国王陛下，
卜算结果我禀陈，
求子之法非难事，
只要心诚一切灵。
从此渡海至陆地，
约行一百逾缮那，
就可到达廓沙①境，
于彼虔敬供三宝，
祭祀诸神求保佑，
定能生子属殊胜。

国王高兴地对卦师说：“听了你的卜算结果，我内心宽慰。如按你所说的去做，来日真能生下一个儿子，我一定重赏你，令你满意。”于是，卦师愉快地辞别了国王。

卦帅走后，国王召集了众臣，对他们说：“刚才卦师将卜算的结果告诉了我。她说，从此地渡过海域，大约行走一百逾缮那，就可到一处叫廓沙的圣地。如果在那里虔敬供奉三宝、祭祀求神，那么定能生出殊胜无比的王子。所以我决定择二日后的黄道吉日，命你们众臣与侍众马队随我到廓沙去祭祀，现在你们就去做好一切准备。”

---

①廓沙，地名，指荒无人烟，鬼神居住地。

到了第三天，国王、王后及诸侍臣，穿着礼服盛装，让马队和象队驮着各种祭祀用品出发了。他们坐船行了五天五夜，又越过了海滩沙地，终于到了廓沙圣地。在那里，国王每天不断虔敬地供奉三宝，祭祀施食于八部鬼众，并祷告道：

吉、吉、索、索！
本尊三宝、空行佛母、
乡神地祇、八部鬼众，
祈诸位保佑桑岭国王，
求加持成全我的心愿，
为继承大业治理国政，
请施恩赐一王子降生。

国王上供下施、诵经祈祷，在七天时间内，天天如此。就在第七天晚上，国王于睡梦中见到了一位身穿白袈裟，胸前挂有一颗水晶佛珠的游方僧，那游方僧对国王说道：

你虔敬供佛到此，
可见求子心急切。
今赐你观世音并文殊化身之二子。
愿望不久将实现，
切记净身保育好。

国王听后很惊奇，向游方僧问道：

请问高僧尊姓名？

不知大德来何境？

微光赫奕身纯净，

赐我福德永记心。

游方僧回答：

我自极乐世界来，

怙主无量光是我名。

地祇迪瓦杂门志，

是你仨的护身神。

今日供施求保佑，

来日悲悯救弱生。

游方僧说到此，突然隐没了。国王于梦中得到了游方僧的授记，醒来后，一直为这个吉祥的征兆——不久的将来要降生两个儿子而高兴。于是众人心情舒畅地回到了桑岭王宫。

过了几个月，进入辰年，王后贡桑玛突然怀孕了。此时，空中花雨洒落，出现了两道彩虹，光环耀眼的祥瑞之兆。在此期间每当黄道吉日，人们就能目睹身披洁白羽纱的天女从天降洒甘露浴佛的景象。

一天，王后来到国王跟前，对他说：

桑岭的英主多不吉拉。

请静下心来听我一言。

昨夜我得一梦甚奇特，

梦中我变为观音菩萨，
妙音无量光佛及弟子，
团团围绕听我把偈颂。
神女洒下甘露浴我身，
仙女摆供设礼将我奉。
我浑身发出无量光辉，
直射地狱调解热和冷[①]；
奶流如泉从我手心喷，
解救不少饿鬼[②]之苦痛；
口诵六字真言声朗朗，
解除众生昏昧与灾难；
我心平如镜空乐无比，
别无逸趣再不觉苦闷。
如此梦境真使我欢心，
想必定是祥瑞之吉征。

国王听后，马上答道：

无量光佛大怙主，

①调解冷热，据传地狱冷热至极，难以忍受。但佛所发出的无量光辉，可直射地狱调温。

②饿鬼，即六道众生之一。佛教所说众生根据生前善恶行为有六种轮回转生的趋向。六道，即地狱、饿鬼、畜生、人、天、阿修罗。

殊胜菩萨观世音。
王后叙述似燕语，
娓娓动听喜人心。
游方僧曾留预言：
为期不远我会有——
观音菩萨之化身，
无量光佛之弟子，
文殊化身之二子。
眼下王后已怀孕，
定是神佛之化身，
实在令人太高兴。
你须净身常沐浴，
祈佛修行虔心敬。

王后按国王的吩咐，经常沐浴净身，虔敬供佛。过了九个多月，她生下了一个具有“相”①及“随好”②的儿子。这婴儿的胸前有一个突起的“ཧྲཱིཿ”（音读悉姆）的标记，闪闪发光。他一落地就开口悲叹人生的短促，劝众人珍惜宝贵的

①相，此指佛教中所说的三十二相，即大丈夫福力外彰、显露内德美妙身形相状等三十二个相。

②随好，是指如来所有八十种微妙细相，如全身功德者十、身无瑕疵者四等。

生命。他说道：

呜呼！

大慈大悲观世音，

祈求怜悯众弱生。

不是前世积功德，

暇满[1]人生何能？

沉湎世俗无明[2]生，

毫无意义度光阴。

疲于奔命堕三途，

发家致富耗心机。

利欲熏心自造孽，

身居地狱不清醒。

明知苦海没有边，

偏在瞬间找苦痛。

数天后，为庆祝王子的诞生，王宫里举行了盛大的“汤饼宴”[3]。同时，上供大量物品敬献三宝谢恩，下施大量供

①暇满，指八有暇十圆满。

②无明，梵文意译，亦名“愚痴”。泛指无智、愚昧；特指不知佛教道理的世俗认识。

③汤饼宴，指以汤煮面食为主的宴席。一般是藏族地区贵族富家用于庆祝小孩诞生的喜宴。

食酬谢地祇鬼神。还请来了“相士”[①]婆罗门巴扎，给王子相面起名。

巴扎来到王宫，见到王子及其殊胜的特征，感到非常惊奇。他看了又看，然后说道：

如此殊胜之特征，
形同佛祖无两样。
相及随好如观音，
在世定能振国邦。
只因众生福德退，
不能久住我国土。
但他慈悯助民众，
必将声威四海扬。
攻无不克诸事成，
故应起名叫“顿珠”[②]。

国王、王后和所有的侍臣们听了这话，都笑逐颜开。此时，宫楼上摇旗呐喊，鼓号齐鸣；宫廷内，欢声笑语不时地飞出席外，喜庆的场面热闹非凡。席间，国王当众嘉奖了卦师和相士，并任命卦师为桑岭王宫的随臣。从此，国王更加

---

①相士，指观相论命的职业者。凭借人的面貌、骨骼、气色，以及天文星象、梦境等来预言祸福未来。

②顿珠，藏语意为诸事完成。

坚信不疑地按佛法治理国政。

可是，就在顿珠长到五岁的时候，王后贡桑玛突然身患重病逝世了。举国上下顿时沉浸在悲恸之中，民众们忧伤万分，痛不欲生。大家担心王后的去世会使日月暗淡无光，大地生气减弱，五谷不丰，人民遭殃。于是，纷纷设坛念经，忏悔消灾。一年后，大臣们觉得，虽然像已故王后那样的贤惠淑女，在这世上很难再找到第二个，但如今国王还年轻，应有个贵妃辅佐才行。他们得到了国王的允诺，就开始分头去寻觅物色。可是一连找了几个月，却没有找到一个能与国王匹配的贤女。转眼到了朝拜佛塔的季节，年轻的妇女们都穿着节日的盛装，从四面八方赶来参加庙会。这时，国王父子也前往庙会观光。在这如潮涌般的人群中，国王发现了一个相貌出众、服饰艳丽、娇美多姿的普通女子，名叫白玛坚。她的美貌吸引了国王，使国王一见倾心。他马上招呼身边的侍臣达热，对他低声说道：

在这众多的女性中，
唯独白玛坚最美丽。
她艳丽多姿惹人爱，
正中我意要娶为妃。
你速去暗中查身世，
属何种姓住何地？

达热听了这话非常吃惊，对国王说道：

虽说美女多丰彩，
却是种姓低门第。
若娶贱民做王妃，
岂不自招人非议。

国王对达热说道：

种姓高低看父系，
而与女性不相依。
今娶美女做王妃，
臣民有何责骂理？

达热不再作声，遵命来到白玛坚的跟前，对她说道：

艳丽多姿的美女，
你属种姓高与低？
家有何人居何方？
请你如实说仔细。
我是桑岭国使臣，
要把详情报国王。

白玛坚明白了使臣的来意，就对他答道：

我是普通贫家女，
家父老母皆低贱。
黄铜镀金光耀眼，

怎能充做佛冠缀？
贫贱高贵太悬殊，
岂能进宫做王妃？
举足轻重非一般，
万万不能请休提。

使臣达热听罢，又对她说道：

前世有缘今结亲，
屏障岂是贵与贱？
莲花虽自浊泥出，
用作供佛更圣洁。

翌日，国王在宫内花园的水池旁散步时，使臣达热把白玛坚带到国王跟前，交给了他。就这样，国王没有举行任何仪式，便和白玛坚同居了。为此，臣民们纷纷议论，甚至在暗中责骂这个贱民女子。

过了些日子后，有一天晚上，白玛坚做了一个梦，梦见一个游方僧，自称是怙主无量光佛的弟子，他身穿一件大黄袍，手持法轮，走到白玛坚跟前，说要在她那儿借宿一夜，说完，就从她的脑门顶端隐没了。第二天醒来，她赶紧跑到国王那里，对他说道：

昨夜做了一场奇特梦，
梦中只见一位游方僧，

自称无量光佛之弟子，

手执法轮身穿大黄袍，

请我让他在此宿一夜，

说完突然隐没脑顶端。

此后自感心安又舒坦，

请您断明是凶还是吉？

国王听后，高兴地对白玛坚说道：

妙哉！妙哉！是吉兆，

感谢佛祖赐恩泽。

无量光佛之弟子，

乃是文殊大菩萨。

如今你怀此化身，

务须净身保养息。

过了九个多月，这个未办理正式手续就成为王妃的不法之女，也生下了一个相及随好、非同一般的公子。宫内照例供佛礼敬，大摆“汤饼宴”，欢庆祝贺。同样请了相士婆罗门巴扎，由他看相取名。巴扎到了宫廷，细细地端详了公子以后，说道：

忠贞不渝地虔敬三宝，

按照佛法治国的结果。

请来了无量光的徒弟——

文殊菩萨化身的公子，

他引渡众生解脱五趣，[1]

此乃我等臣民的运气。

不空成就故起名“顿月”，[2]

但难保久住桑岭国里。

就在此时，花雨从天降，大地震动，出现了很多祥瑞。只见婴儿的手足上，都有明显突起的法轮，闪闪发光。顿月慢慢长大了。他生来就和父母不太亲近，却喜欢和哥哥生活在一起。平时兄弟俩吃在一起、睡在一起、玩在一起，形影不离，亲密无间。

有一天，兄弟俩跑到宫楼顶上，在他们俯瞰全城，观赏市容时，哥哥看到世间俗事不定，忧伤苦恼之情充满红尘，就对弟弟顿月和侍从们说：

韶年英俊难长保，

终将衰老而死去。

就像点亮一盏灯，

耗尽燃料灯就灭。

要知死殁本不定，

①五趣，亦称五道。即六道中去掉阿修罗。

②顿月，藏语意为有意义，也就是佛教中所说的“不空”。

来世准备早做起。

祈愿佛祖开恩典，

大慈大悲救众生。

四漏大种[1]人本体，

机能[2]不顺乃常理。

正如秋末之百花，

遇寒皆凋零枯萎。

要知死殁本不定，

来世准备早做起。

祈愿佛祖开恩典，

大慈大悲救众生。

人生难免有一死，

财宝亲友何足奇？

好比铁匠铸工具，

死后留下铁垃圾。

要知死殁本不定，

来世准备早做起。

祈愿佛祖开恩典，

---

①四漏大种，四漏指：欲漏、有漏、无明漏和见漏。大种指：地、水、风、火四大元素。

②机能，此指气、涎、胆三机能不顺，而能生病致死。

大慈大悲救众生。

劝君惜取好光景，

虚度年华理不应。

虔信三宝佛法僧，

行善积德为来世。

顿月和侍从们听了这话，极为赞同。他们把顿珠当作法师，在他的启发下，都虔信佛法。

又有一天，白玛坚也来到宫楼顶上散步，她左右远眺，观赏不已。她顺着矮墙的边沿向城南望去，只见大坝上聚着很多男青年，他们正在进行射箭、角力、抱圆石等活动。她视线稍稍一偏，又看见在平地上有很多妇女正忙着纺线织布。工休时，女工们三三两两地围在一起闲谈，天南海北，无奇不有。就在这时，从人群中传出了议论桑岭国王位继承的话头。大家都说国王的王位应由长子顿珠继承，次子顿月不能继位。因为一则顿珠是长子，二则他的母亲是王室出身，所以他继位是理所当然的。至于顿月，一是次子，二是他的母亲又是平民之女，要争继王位就不合适了。王妃听到这里，马上调头转向东北面观赏，只见那儿有很多小孩正在玩游戏，模仿王位继承人登基仪式。他们找来许多土坯，垒成一个大宝座，其中有一个小孩坐在宝座上，充当王子顿珠，另一个小孩充当次子顿月，站在国王宝座的边上，有一些小孩充当大臣，还有更多的小孩充当臣民。他们一起跪倒在宝座前面，异口同声地说道：“王子顿珠继承了王位，从此桑岭升起了幸福的太阳。年青智慧的男女大众，大家一心虔敬殊胜的佛法。”

与此同时，宫廷内的所有侍臣经过商议，正式决定推王子顿珠作为王位的继承人。此事被王妃知道了，她想：“宫廷内外议论纷纷，都一致认为顿珠理应继承王位，看来大势所趋，这是毫无疑问的了。如果真是这样，我的儿子顿月当不了国王，自然做母亲的也就得不到别人的尊重，那该怎么办呢？”她想啊想，终于想出了一个坏主意：趁早把顿珠赶出王宫，好让自己的儿子顿月继承王位。

一天，她专门找来了蓝靛和红土，将其搅在一起后涂在脸上，然后又找了些瞿麦和象脑汁，和在一起吞下肚，以使自己大力咳出像血一样的浓痰。干完了这些，她从宫廷的卧室向大厅走去。此时，国王正在大厅诵经念佛，进行法事。王妃一见国王，突然倒在地上翻滚起来，“啊哟，啊哟”呻吟不停。国王见此情景，赶紧问王妃：“你怎么啦？得了什么病？”可是王妃却只顾呻吟而不答话，看起来病得真不轻。国王由此联想到，自己的前妻就是突然身患重病而早早地离开了人世，现在后妻又是如此，恐怕又要发生什么意外。他十分着急，马上下旨，要侍臣大设坛场，上供下赐，求佛爷保佑，使王妃能早日康复。但是王妃始终不见好转，国王更着急了。于是，他命令侍臣赶快请卦师来占卜，看如何能使王妃康复。卦师来了，国王就对他说：

先知先觉的卦师听我言：
我妃子身患重病已多日，
或许气、涎、胆不顺而致病。
眼看她受折磨气息奄奄，
我手足无措啊一筹莫展。
请你快快占卦细卜算，
以能举行法事及时医看。
为使妃子早日恢复健康，
刻不容缓请你速速道来。

卦师马上占卦卜算，接着答道：

尊敬的王妃所患之病，
并非“三机能”不顺所致，
而是心神不安恼怒升，
如何治愈请问她自己！

国王为使王妃早日康复的心情迫切，听了卦师的话后，赶紧来到王妃面前，向她说道：

我的爱妃白玛坚，
如何能使你病愈？

有何想法请快说，

任何代价都不惜。

王妃听了国王的话答道：

呜呼！

治愈我病虽有法，

恐难办到不敢言。

如您真心为了我，

请发咒誓在佛前。

国王答应了她的要求，跪在佛前发誓赌咒：保证顺她的心意，按她的想法去做。完了，王妃就郑重向国王说道：

眼看国力日衰退，

存亡攸关危在旦夕。

要知祸从何处起？

全在顿珠不肖子。

他是魔鬼之化身，

生下便把母命夺。

如今灾难临我头，

几乎生命都危及。

最近做了一场梦，

梦中神主提示我：

要使贵体早康健，

只有镇魔驱邪劫。

吃掉魔心方见效，

不然你的命数竭。

如果国王无胆量，

至少也要把魔逐。

让他居住廓沙地，

保住我命痛苦减。

国王听完这话，感到忐忑不安。她的话引起了国王对往事的回忆：死去的妻子，是一位那样贤惠的女子，她一向虔诚佛法，上供下施，行善积德；当年生下的王子，又曾得到相士的竭力称颂，预言他将来一定能继承父业，使国政兴盛，人民安乐。难道这是卦师哗众取宠，寻我开心，给我增添额外的烦恼？他又转念一想，如今王妃不是也生了一子，况且我已发誓赌咒，再也无法反悔了，所以只能按此行事。想到这里，他对王妃说道：

爱妃静心听我言，

王族向来奉佛善，

为众利益是己任，

伤天害理事不干。

王子顿珠我心爱，

佛祖赐儿接我班。

若要害他万不能，

为你把他放荒蛮。

王妃见国王答应驱逐顿珠，暗自高兴。于是，她假装病情已缓和下来，有明显好转的迹象，国王这才放下心来。他召集了宫内的所有侍臣，对他们说：

王子顿珠不是人，

乃为魔鬼之化身。

如果把他留宫内，

将会祸国又殃民。

如今他起害妃心，

几乎使她丧生命，

他本来自廓沙地，

现仍把他送原境。

不容置疑快行动，

分头执行我命令。

侍臣们听了国王下达的命令，非常痛心。大家退出朝廷，经过商议，又回到了国王跟前，集体向国王请求道：

鬼神出没廓沙地，

临近边缘道坎坷。

一路水域难行走，

毒蛇猛兽挡道多。

若把王子送那里，

等于推他入水火。

请求国王发慈悲，

不要把他送廓沙。

国王答道：

顿珠降世不多久，

就把母后命夺走。

如若不把他驱逐，

危害王妃我忧愁。

若能保全王妃命，

我可考虑这请求。

侍臣们听了这话，不敢再言，只得暂时退下。

第二天，又有几位大臣前来进谏。他们对国王说：

想当初，

王子本是怙主赐，

到如今，

怎会变为魔化身？

聪慧贤德之王子，

怎会不明事和理？

受人尊敬之王子，

怎会祸国殃民众？

怜悯众生的圣者，
怎会危害王妃命？
偏僻鬼神出没处，
放逐他去谁忍心？

国王听了这番责问，非常生气地答道：

侍臣不从国王命，
好比犬吠咬主人。
只有棍棒能驯服，
迁就宽容事难成。

说到这里，国王拿起棍棒朝大臣们狠狠地打去。其他侍臣见此情形，都惊得目瞪口呆，只能摇头叹气，为国王的举动感到痛心。他们好言相劝那些挨揍的大臣说："常言道，国王一言既出，驷马难追。事到如今，看来没有挽回的余地了。"于是，众臣只好无可奈何地去执行王命。可是，大家都愤愤不平地在私下议论说："国王真糊涂啊！竟会被王妃的花言巧语、险恶用心所迷惑。如果真把顿珠逐出宫，桑岭的国政定将衰败，人民也会因此遭殃，这实在太可恨了！"有几位忠实的老臣，来到顿珠那里，把不幸的消息告诉他说：

桑岭民众的怙主，
仁慈贤德的王子，

出身低贱坏王妃，
居心不良造事端。
她逼国王杀害你，
治病要吃你心肝。
或是把你驱逐走，
否则难保她性命。
她说你是魔化身，
留在宫内是祸根。
可惜国王不明理，
竟被王妃迷住心。
王命已下难挽回，
王子千万要小心！

王子听后，非常伤心。他心想：“真是祸起萧墙，大难临头了。如果我继续留在宫内，恐怕性命也难保。与其死，还不如走的好。”想到这里，勾起了他对亲生母亲的怀念。他说：

虔信三宝大怙主，
祈求保佑我平安。
恩母如今在何方？
孩儿时刻在想念。
乳汁滴滴来抚育，

美味佳品给不断。
如今孩儿受冤枉，
生死攸关命遭难。
亲生父王将我抛，
流放荒蛮真凄惨。
内心痛苦倍思亲，
慈祥恩母在何方？
想我堂堂一国子，
荣华富贵享不尽。
在内穿盖皆绸缎，
在外游览众随行。
转眼一切成幻影，
清贫如洗无所有。
干草当垫石当枕，
地当床来天当被。
四处空旷无人迹，
叫我怎能不伤悲？
世间财宝不足恋，
无常[①]之理方才明

①无常，指世间一切事物都在变异灭坏的过程中迁流不停。

我这堂堂一国子，
荣华富贵享不尽。
一日三餐山珍味，
尽情欢乐无忧心。
转眼一切成幻影，
清贫如洗无所有。
树叶当衣避寒暑，
野果充饥露当饮。
鬼哭狼嚎凄凛凛，
叫我怎能不伤悲?
父子尚且要反目，
亲朋更是不足信。
啊哟!
若非命运之安排，
我还不会把理明。
突然事变促我醒，
抛弃红尘发悟心，
不怕千难与万险，
菩提之路要走完。
慈母英灵安息吧，
母子之恩难忘情。

虽然无法再见面，
但我无时不想您。
愿能梦中来相会，
再得慈母谆教诲。

从此，顿珠开始积攒食物，准备用作途中的口粮。眼看哥哥快走了，弟弟顿月心里很难受，他俩默不作声，朝夕相处，形影不离。国王和王妃深知他们兄弟俩亲密无间，难舍难分，所以派了仆人去把顿月叫来，说要给他试靴，好让他们分开，但是顿月执意不肯去。顿珠只得好言相劝，对他说道：

哥哥将要去廓沙，
身边久留已不能。
劝弟遵从父母命，
赶快离此回王宫。
往后尊敬父老兄，
肩负治国大事情。
平日行善积大德，
慈悲为怀救众生。
虔敬供奉佛法僧，
佛法治国服人心。
今世咱俩缘已尽，
来世天界再相见。

哥哥一番诀别话，

望弟牢牢记在心。

顿月听了哥哥的话，马上拜倒在哥哥的脚下说：

无论天涯与海角，

艰难险阻都不怕！

请求哥哥带我走，

不要把我来丢下。

一旦失去哥哥您，

谈论国政也白搭。

说完，他站起来抱住哥哥的脖子不放。哥哥又对弟弟说道：

哥哥远行去廓沙，

野果充饥露当饮。

一路遍地是猛兽，

落入深渊无人应。

小弟还是听我劝，

留在宫中继国政。

违抗父命似不该，

恐难脱那因果报。

小弟听了更加伤心，痛哭流涕，紧紧地抱住哥哥，对他说道：

国亡政废我不管，

哥哥流放我不忍！

咱俩生死在一起，

永永远远不离分！

弟弟边说边哭，简直像个泪人似的。他紧挨着哥哥，死死拉住不放，生怕别人突然把哥哥从他手中夺走。

这时国王、王妃见顿月迟迟不回来，知道要拆散他们兄弟俩很困难。他们怕顿月随他哥哥同去，便决定提前行动。于是国王召集了侍臣，对他们说：

定于明日驱顿珠，

将他流放廓沙地。

只因兄弟感情好，

一时分离不容易。

故要你们想妙计，

不让顿月随哥去。

兄弟俩这边，哥哥见弟弟决心如此之大，如果把他抛下，确实有些不太忍心，到底有那么多年朝夕相处而建立起来的深厚情谊，就像唇齿相依，如今怎能突然分离呢？但如果把他带走，那一定会伤父母的心，还可能会招来王族绝种、国败民乱的后果。他左思右想，十分为难，最后，还是决定不带顿月走为好。当天半夜，顿珠乘小弟熟睡之机，起身匆匆准备行李，想乘其不备赶快上路。可是他哪里知道，弟弟根本没有沉睡。连日来，顿月怕一觉醒来不见哥哥，所以一直不敢睡死。他听到屋里有动静，就马上睁开了眼睛，看到哥哥在准备行李，他一个翻身下床，抱住哥哥，苦苦哀求道：

哥哥哥哥求求您，
要走一定带着我。
不能丢下我不管，
请您可怜可怜我。

说着，他泪流满面，再也不肯松手。

哥哥看着可怜的弟弟，非常心酸。他想到自己年方十三岁，就陷入如此困境，如果牵累刚满六岁的弟弟，太不应当，怎么也不能让弟弟和我同受这份罪。可他眼下又没法劝阻弟弟，所以只好暂时留下，先安抚弟弟的心。他做好充分的准备，把装着各种食物的羊皮囊放在枕边，以待时机成熟，拔腿就走。到了五更时分，哥哥又悄悄起身，不料弟弟又跟着起来了。他这回连靴都没脱，就躺在床上，所以看到哥哥一行动，他就一把拉住哥哥的衣角，边哭边说道：

亲爱的哥哥呀，
您看看小弟的眼泪吧！
难道您心肠是铁石？

如此哀求还不答应！

顿珠再也没有办法了。他终于开口说道：

你是存心讨苦吃，

和我同行定不幸。

苍天老爷佛祖啊，

这下我该怎么办？

丢下弟弟心不忍，

带他同行更痛心。

苍天老爷怙主啊，

究竟我该怎么办？

睁开慧眼看看吧！

指点哥俩怎么办？

哥哥说完，就和弟弟抱头痛哭。此时，多少深厚的感情，多少内心的积郁，都包含在泪水里从心灵深处流了出来。过了好一阵子，他们擦去了眼角的泪，背上行李，手拉着手启程了。

绕登和嘎亚达热两位老臣，看到两位幼小的王子身背羊皮囊，手拉着手向远方走去，起了恻隐之心。他们非常同情和怜悯两位小王子，因此冒着危险，悄悄上前把他们请到屋里，给他们备了两匹马和一头象，并在象背上驮满了食物，然后护送他们走了约半个月的路程。分手时，两位老臣依依不舍地祈祷道：

三乘[1]道上进修的佛仙，
请听我们所发的誓愿：
桑岭臣民福分大，
王室绍隆代代传。
盼见伏魔树[2]开花，
方得佛门化身现。
突然魔降鬼厄难，
美好愿望被中断。
我们悲伤又痛惜，
祈佛保佑得安全。
保佑他们安无恙，
逢凶化吉走向前。
王子兄弟太幼小，
流放廓沙实作孽。
妖魔鬼怪常出没，
豺狼虎豹卧路边。
孤苦伶仃无照应，

---

①三乘，指声闻乘、缘觉乘（独觉）、菩萨乘。

②伏魔树，亦叫昙花，是一种常绿灌木。以其难开易谢而常用以比作稀有迅速消失的现象。

实在叫人心不安。

好比旭日刚东升，

还未放光落西山。

目睹此景谁能忍，

莫不伤感心撕裂。

但愿王子轮回时，

静心苦修自安然。

依次迁升入三乘，

四身[①]品位能终得。

祈祷完毕，两位老臣眼含热泪深情地望着两位公子，久久不愿离去。顿珠见二老如此伤感，就安慰他们说：

众生本应各有报，

生死离合乃常理。

人生犹如秋末蝇，

离合无常似市集。

财宝出入商人手，

潮来潮去从不一。

和知一切皆流转，

永恒不变事所稀。

---

①四身，指自性、智慧、受用和变化身。

两位老人请回吧，

但愿来日再相聚。

两位老臣又说：

昼夜六时勤修心，

证得佛果教法明。

祈能成就众所愿，

流转终脱轮回境。

顿珠说：

有为[①]不定终天尽，

人生无常如彩虹。

阴间恶途行艰难，

须将怙主来虔信。

要发善逝[②]菩提心，

怜悯众生修善行。

六到彼岸[③]四摄事[④]，

---

①有为，梵文的意译。泛指一切处于相互联系、生灭变化中的现象，以生、住、异、灭为其特征。特指人的造作行为，与无为相对。

②善逝，是乔答摩·悉达多的尊称。他的尊称约有十来种，如释迦牟尼、世尊、佛陀等等。

③六到彼岸，亦称六度，即布施、持戒、忍辱、精进、禅定、智慧。

④四摄事，指菩萨为摄受众生，使生亲爱之心，皈依佛道，而应做的四件事，即布施摄、爱语摄、利行摄、同事摄。

领纳要义勤实践。
持之以恒不懈怠，
定能功成硕果结。
人生短暂终要死，
六道众生难逃脱。
善恶苦乐要正视，
勤行善事积大德。
彼此终能得超度，
来日相会在净土。
请留步吧速速回，
盼能早日了心愿。

说完，顿珠和弟弟告别了两位老臣，慢慢向前行走。两位老臣依依不舍地目送他们远去，直到看不见人影，才踏上归途。

在这漫长的行程中，王子兄弟所带的食物渐渐吃完了。他们为了继续赶路，不得不把马匹、大象换成食物。这样，走了约五十个逾缮那，来到了一个旷无人烟的大沙漠。接着，他们开始了最艰难的沙漠行程。

再说桑岭国，自从顿珠被驱逐出宫后，国王和王妃马上派侍臣去把顿月带进王宫来，可是众人却找不见顿月的人影。侍臣们赶紧向国王报告。国王听了勃然大怒，说道：

“顿月那么幼小，不可能跟他哥哥出走，一定是有人阴谋陷害我们的王子，把他藏起来了。你们无论如何也要把他找回来！”所有的侍臣把宫里宫外全找遍了，还是不见人影。这下可急坏了国王和王妃，他们像热锅上的蚂蚁，坐立不安。王妃更是因此急出了大病，真的卧床不起了。消息传到了宫外，桑岭国的臣民无不惦念着两位王子的安全。同时，大家都在暗中谴责王妃，说她生病是罪有应得。

再说王子兄弟自来到大沙漠后，已经行走了好几个逾缮那。这一带鬼神出没，野兽横行，非常恐怖。弟弟对哥哥说：

哥哥哥哥我害怕，
恐怖气氛攫人心。
沙漠旷达无人烟，
天地遥遥空无凭。
凶神饿鬼团团围，
群群野兽传嗥声。
毛骨悚然吓破胆，
心惊肉跳欲断魂。
如不快快离此地，
我俩生命难保证。

哥哥见弟弟如此害怕，便努力为他壮胆，说道：

弟弟弟弟胆要大，

听你哥哥来说话：
虽然离别亲生母，
亲朋好友都拉下，
独自来到荒僻处，
恐怖艰险路又滑，
但你只要信三宝，
千难万险不可怕。
意志坚强壮大胆，
紧紧跟着哥哥走！

小弟听了哥哥的话，壮起了胆子，又跟着哥哥往前走了。由于顿珠的善德威力，鬼神猛兽都归顺了，它们没敢触动兄弟俩一根毫毛。

几个月后，换得的食物也快吃完了，将要面临重大的难关。哥哥把剩下的食物尽可能地给弟弟充饥，自己则饿着肚子行走。没过几天，就连残食也吃完了，哥哥只能把羊皮囊撕碎用以充饥。小弟吃了又苦又咸的羊皮后，感到渴得难受，就对哥哥说：

哥哥哥哥我口渴，
渴得实在难忍受。
快快找口水来喝，
不然我的命难救。

看到弟弟渴得慌，哥哥心里很难受。面对茫茫沙漠地，何处去找水解渴？哥哥没办法，只能用自己的口水喂弟弟，给他解渴，然后继续赶路。没走多久，兄弟俩由于缺粮断水，体力减弱，再也走不动了。正在这时，哥哥发现前面有一棵“救命树”，他高兴极了，马上带着弟弟来到树下，只见树上长满了果实，于是他们先在树下休息了一会儿，然后摘了很多果实充饥解渴。兄弟俩就像久旱的枯苗逢甘露一样，一下子精神抖擞起来。哥哥更是怀着感激的心情，手捧野果向三宝发出祈祷：

本尊三宝大怙主，
诸位神母和地祇，
尽情享用这供品，
感谢解救望继续。
身入险境苦难受，
父母之命不敢违。
从此能除众生苦，
甘愿承担五浊①罪。

祈祷完了，兄弟俩振作精神，又上路了。走了好长一段时间，弟弟走不动了，哥哥把弟弟背在身上继续走。走了约

①五浊，即寿浊，烦恼浊、众生浊、劫浊和见浊。

七个具卢舍，两人都感到口干舌燥，想找水喝，可一路上都没有找到。他们艰难地向前走啊走，走到了一座形同大象鼻子似的山跟前，还是不见有水源。眼看弟弟快支持不住了，怎么办呢？哥哥赶紧把弟弟背上山，然后把他放在岩石上，对他说道：

你在这里静候我，
我去附近找水源。
如果缺粮又断水，
我俩生命有危险。

就在哥哥想起身找水的当儿，弟弟哭着对哥哥说：

昨晚做了一场梦，
梦中吃尽无数苦，
孤独一人在荒地，
奄奄一息气快断。
哥哥哥哥我害怕，
不要丢下我一个，
在这荒僻野地里，
弟弟还能做你伴。

顿珠听了弟弟的话，马上答道：

生死与共不分离，
怎会丢下你一个？

没有水喝会渴死，
让我速速去找水。
你就安心等待我，
把水找来给你喝。

说完，他就下山找水去了。可是他很不放心，一边走一边回头看看小弟弟。当他走了一具卢舍远的距离后，忽然从远处传来了“哥哥……”的叫喊声，他寻声望去，只见弟弟趴在岩石上。他赶紧跑回弟弟的身边，弟弟勉强睁开眼睛看了哥哥一眼，就昏了过去。顿珠急忙把弟弟抱在怀里，努力挤出一点口水，灌进弟弟的口中。不一会儿，弟弟慢慢苏醒过来了。弟弟睁开眼睛看着哥哥，对他说道：

我俩小小遭大难，
但愿众生能幸免。
我俩如此受饥渴，
但愿众生能安逸。
如今死亡临我头，
不能报答哥恩泽。
劝哥切莫太伤悲，
愿能来世再相见。

弟弟刚说完，忽然飞来了两只格勒频嘎鸟，它们落在兄弟俩跟前，对他们说道：

愿能世代跟随您，
服侍兄弟俩人前。

说完，又飞来一只鸟，它说：

功业彪炳兄弟俩，
愿聆教诲心向善。

第三只鸟刚说完，又飞来一只鸟，说道：

但愿兄弟通显密[①]，
将成译师获功德。

就在这时，小弟弟咽气了。顿珠见弟弟死了，悲痛欲绝，使劲地喊啊，拼命地叫，捶胸顿足，痛不欲生……整个山谷都回响着哥哥的哭叫声。这哭叫声仿佛在控诉着世道的不平，为何灾难竟会落在他一个人头上？可怜的顿珠，幼小的王子，跪在小弟的尸体前祈祷道：

本尊三宝怙主哟，
保佑我这弱小生。
漂泊异乡荒僻地，
呼天唤地都不应。
啊哟哟！
痛苦凄凉无求靠，

①显密，即佛教之显宗与密宗。

啊哟哟！

茫茫旷野何去从？

曾经跑过沙漠地，

饥饿干渴无法忍。

曾经跑过狭隘关，

道险贼多难走通。

曾经跑过茂密林，

毒蛇遍地步难行。

曾经跑过深山谷，

妖魔乱舞恐怖甚。

请看我们兄弟俩，

经过多少磨难境。

啊嘛嘛！

我的慈母贡桑玛，

时刻想念多揪心。

如今痛失去小弟，

心如刀绞何堪忍。

为何我不先他死？

难道痛苦还不深？！

祈祷完，他就坐在小弟的尸体前，静穆致哀。稍后，他又振作精神，鼓起勇气，向本尊诸神祈祷：

顿珠啊！

哀声叹息非本事，

怙主啊！

到时救助赐智慧。

我虽独处荒僻地，

千锤百炼升妙智。

忍受饥渴并寒暑，

乃是修心好机会。

恶鬼凶神来刁难，

更会激发慈悲心。

除尽尘俗烦恼障，

皈依佛法是为最。

解救恶途种种苦，

十善戒[①]律是根底。

解脱生死得涅槃，

要发“性空”[②]大慈悲。

---

①十善戒，指佛教沙弥和沙弥尼所受的十条戒律。即不杀生、不偷盗、不淫、不妄语、不饮酒、不涂饰香鬘、不听视歌舞、不坐高广大床、不非时食、不蓄金银财宝。

②性空，即谓一切有为法，因缘所生，没有自己固有的性质。亦表示诸法皆非客观独立的实体，故称“性空”或“自性空”。与“假有”相对。

如今身处荒僻境，
正是潜修至圣地。
牢记人生本无常，
大行十善被众利。
坚信经、律、论[①]真谛，
为到彼岸虔心修。
今世兄弟虽永别，
来世定能再相会。

说完，顿珠就在原地默念打坐[②]。在他身上，似乎有一股巨大的威力，把所有的飞禽走兽都吸引到了他的四周，香音神奏乐，仙女从空中洒下了花雨，大地发出隆隆的响声，真是上下对应，形成别景。一群猴子跑到王子跟前，向他祈祷：

殊胜无比佛化身，
舍己利他大觉士。
你是我等之怙主，
愿能得到您加持。

老虎看到这情景心想，向一个普通凡人祈求有什么用？可是当它看到所有的飞禽走兽以及猴子们都那么虔敬王子，

①经、律、论，指佛教三大藏典。
②打坐，即跏趺而坐，使心入定。

也不好意思地坐下来靠近王子，向他祈祷：

从此我也虔敬您，

祈求加持心明慧。

这时王子起身，背起小弟的尸体，越过了八座山后，来到了一座长着檀香佳木，流着清澈的泉水，风景优美的山岭。他爬上半山腰，看到有一棵形同大伞盖的檀香树，就走到树下，把弟弟的尸体先放下。为了不让弟弟的尸体遭到野兽的侵害，他从周围拣来了许多岩石片，垒起了一间小石屋。他用泉水替小弟的尸体沐浴净身后，小心地把他放进了小石屋，盖上了檀香树叶，洒下了甘露，最后封上石门。干完了这些，他坐在墓前，痛哭流涕，舍不得离开。过了很久，从茂密的森林里传来虎啸狮吼、鬼哭狼嚎的声音，这才使他感到，此处不是久留地。再加上气候闷热，很不适宜。于是他强咽悲痛，依依不舍地离别了小弟的坟墓。

就在顿珠走了七天以后，天王帝释[①]化身为一位大觉仙人，带着复活的灵丹来到了世间。大梵天王化身为一位婆罗门，带着“嘎西嘎”锦衣，也同时来到了世间。他们二位来到小石屋，打开一看，发现顿月就像活人一样安详地躺在那里。于是，大觉仙人用泉水拌檀香和龙脑洒在顿月的身上，

①帝释，称其为忉利天（即三十三天）之主，居须弥山顶之善见城。

接着说道：

先天甘露能复活，
赐给幼小的王子。
殊胜佛门之弟子，
请快苏醒过来吧！

说完，他又把灵丹妙药喂进了顿月的嘴里。不多久，顿月渐渐苏醒了，大梵天王化身的婆罗门上前对他说道：

质地柔软的锦衣，
特意敬献给王子。

说着，他就把"嘎西嘎"锦衣恭恭敬敬地献给顿月，并给他披上。当王子知道这两位是他的救命恩人时，非常感激，马上对他们说道：

感谢救命大恩人，
不知尊者来何境？
我哥如今在何方？
能否替我来指明？

这两位天师答道：

殊胜王子遭大难，
帝释、梵王心不安。
于是下凡解救你，
送上灵丹和锦衫。

顿月又说：

二位既从天界来，
定有广大之神变。
祈求二位开大恩，
让我早日见哥面。

二位天师答道：

你哥翻过十八山，
早已前行到很远。
可你不用太伤心，
定能把他找回还。

说完，两位天师告别了顿月，走了。没走几步，他们的身影就消失了。顿月见此情形，心想，在这荒无人烟、野兽出没的荒山野林，突然出现两位自称是大觉仙人和婆罗门的人，一定是佛神为了解救自己而派来的。他从内心十分感激佛神的保佑。

顿月恢复了生命的活力，饥渴便向他袭来。正当他想起身摘野果充饥的时候，忽然从四面八方来了一大群猴子，它们手捧多种野果，安放在顿月的面前，然后就不声不响地回去了。

从此，顿月就生活在这原始森林里，每天以野果充饥，用泉水解渴。他把摘下的野果分成两份，一份留给哥哥，一份他自己吃。长此以往，哥哥的那份就越堆越多。一天，他看着大堆的野果，仰望苍天，发出祈祷说：

恩重如山的哥哥呀！

我把林中的野果敬献。

体贴入微的哥哥呀！

多么希望能见您一面。

说到这里，他伤感地大哭起来，并高声呼唤：“哥哥，哥哥，您在哪里？我想您啊，我想见见您！”他哭着，喊着，就像发疯似的冲下山去，到处寻找哥哥。

再说王子顿珠，自安葬了小弟顿月后，已翻过了十八座山。此时，他来到了山谷中的一个大草坪。他想，该好好休息一下了，于是就一屁股坐下来。稍稍休息了片刻，他起身环视周围的地形。只见在他的西面有一座山，远远望去，在半山腰有一杆幡旗正在迎风招展。从山腰到山脚，则是小草丛生，一片绿茵。他想，在这茫茫的旷野，既无村镇牧场，又无牧民居住，哪来这么一杆幡旗呢？有幡旗的地方一定有人，不妨去看看。于是他就往西面的山走去。当他走近西山时，在一条通往山顶的羊肠小道上，发现有人来回走过留下的足迹，这下他更确认山上有人居住，推测山上可能有一座什么古庙。不管怎样，要是能在这荒山野林里找到一个同伴，总比孤苦无依强。想到此，他顿时信心百倍，不顾一切地往山上登去。就在登到离幡旗不远的地方时，传来了一阵阵清晰悦耳的诵经法铃声。他马上顺着声音寻去，在一个小转弯处，看到了一处畦地，畦地上有一个小茅庵，近处有一股清泉，发出了咚咚的流水声。他逆泉水而上，走了没几步，就看到有一位白发苍苍的出家比丘①，身穿麻布袈裟，正在泉边聚精会神地诵经放食②。顿珠马上前去跪在老比丘的面前，向他祈求道：

深山稠林花叶繁，
曲曲小径通幽深。
静谧清爽自留人，
诵经法铃声阵阵。
不禁使我神向往，
内心激起皈依心。
祈求活佛怜悯我，
收下流浪一小生。

听到有说话声，那位大乘僧人抬眼一看，身边来了一个人不人、鬼不鬼的小孩。仔细打量，只见他蓬头垢面，衣不遮体，皮包骨头。由于饥渴和长途跋涉所常来的疲惫，加上

---

①出家比丘，指离家到寺院当僧人，或“林居者”。

②放食，即把糌粑捏成小粒，用以供神施鬼的一种宗教活动。

失去弟弟的悲痛，顿珠已被折磨得不成人样，活像一个刚从阴间来的饿鬼，真是不堪目睹。但是老僧从他双眼闪烁出的智慧光芒和体内所隐藏的气质中，识得来者不是一个贫家少年，而一定是个有来历的人。于是他向小孩问道：

皈依僧宝阿弥陀佛，

祈求悲悯六道众生！

眼前蓬头垢面弱小孩，

是人是鬼如实说分明。

你父母在哪？家住何方？

从何而来？又为何到此僻境？

顿珠听到活佛的问话，忙向他磕头答道：

尊敬活佛祈怜悯，

我是桑岭国王子。

不知前世造何孽？

如今落得这般苦。

流浪到此聆法音，

激我皈依佛门心。

特来敬拜您足下，

赐我最佳佛法经。

活佛听了小孩的话，又看到他的可怜相，深表同情，就答应收留他，并把他带到自己的住处。他们沿着泉水边向东走了不远，就看到了有一块几丈高的大岩石，大岩石上像浮雕一样凸起了一个八岁的无量光佛和密宗事部三怙主[①]的像。大岩石下有一个洞口，洞口前有一个小茅庵。到了小茅庵，活佛把顿珠引进去，请他坐下，然后细细地问起了顿珠的身世和被流放的原因来。他问道：

你家住何方？
父母叫什么？
究竟为何故，
把你逐苦境？
你属何种姓？
细说不瞒隐。

顿珠就跪在活佛脚下，回答道：

尊敬的活佛听我说，
我家住桑岭大区域。
父王叫作多不吉拉，
母亲名叫贡桑玛。
怜她暴病早去世，
撇下五岁幼子我。
后来父王娶王妃，

①密宗事部三怙主，即佛部文殊、金刚部金刚手、莲花部观音。

出身低劣属贱民。
又生一子名顿月，
因而极度来忌恨。
假装生病陷害我，
威逼父王将我驱出宫。
恐她病情不会好，
父王痴迷下旨令。
可是顿月爱怜我，
死活硬要随我行。
饥寒交迫受尽苦，
最终小弟死路径。
从此我更无依靠，
祈求怜悯拜为师。

活佛听完顿珠的话，暗自高兴。禁不住自言自语道：“感谢诸神怙主，赐给我如此相好的小生做养子，真是造化啊！造化！”

从此，王子顿珠就留在活佛身边充当侍者。他每天打水扫地、割草做垫，去周围的林中打摘野果作供品和食物。过了几天，活佛就给顿珠削发剃度，换上法衣，并静坐默念，为顿珠祈祷。活佛预言顿珠的未来说：

观音来自净土普陀山。

为除众生疾苦住世间。
由于你的意志非一般，
定将能与小弟来相见。
为弘扬佛法普度众生，
共同创出雄伟大业绩。
虽然三毒嫉妒心作怪，
迫使王子流落去边缘；
但是如今父母深后悔，
朝朝暮暮把王子俩思念。

说完，他们师徒俩继续诵经念佛，顿珠也照旧侍候活佛。过了一个月，活佛发现顿珠心事重重，就开口问道：

你看我坐垫底下的草，
既没压碎也不烂。
但你这观音化身坐垫下的草，
却为何早已压碎并腐烂？
想必你定有心事胸中藏，
不妨跟我细细谈。

顿珠答道：

尊敬的师傅不瞒您，
自从顿月去世后，
我日夜都在思念他。

吃不香来睡不着，
很想取回他尸骨，
让他时刻跟随我。

活佛说：

既然如此我赞同，
陪你一起到墓地，
把你小弟请回来，
常和我们在一起。

这样商定后，第二天由顿珠引路，师徒俩上路了。走了两天，来到一个山脚下。他们休息的时候，很多飞禽走兽都聚集到师徒周围。有一群猴子手里捧着多种多样的野果，蜂拥般地跑到师徒跟前，把果子全部堆放在他们面前。从猴群中走出一只猴王，向师徒俩说道：

礼敬师徒二尊者，
我们林中猴儿们，
呈上美味的鲜果，
以示一片赤诚心。
祈求你们多赐福，
以助我们早解脱。

顿珠看到这情景，觉得有点奇怪，不知为何这些牲畜们如此虔诚敬拜他们，于是就向师傅问道：

我们适才到此地，

景色如画甚宜人。

不料惊动幽静林，

飞禽鸟兽纷纷迎。

尤其猴群送美果，

如此诚心来敬奉。

究竟这是为何故？

请您给我解疑问。

活佛答道：

我等本从净清极乐世界来，

以佛之化身为众生布福恩。

因这些牲畜知道我等来历，

故纷纷前来虔敬祈求我们。

我们应当把这些牲畜引渡，

使他们能在北方雪域[①]受生，

最终成为迦当七宝[②]的教徒，

为弘扬佛法普度众生尽忠。

顿珠听完这话，心悦诚服，更加敬重师傅，向他礼拜磕

---

①雪域，指藏区。

②迦当七宝，指西藏佛教迦当派所传释迦牟尼、观世音、度母、不动明王四本尊，经、律、论三藏。

头。然后，他们继续上路。走着走着，他们来到了王子顿月的墓前。当他们看到原来用岩石片垒起来的石屋完好无损，先是舒了一口气，可是打开石屋门一看，里面空空如也，不用说顿月的尸体了，就连一根尸骨也不剩。他们不安起来，马上就地查找，发现附近有用干草铺起来的地铺和吃剩下的许多野果皮屑，说明这里曾有人呆过。“会不会出现了奇迹？”他们猜测。于是，师徒俩就在那里坐下，静静地等候。他们不断地诵经念佛，一心祈祷早日探得王子顿月的消息。可是一连等了七天，始终不见人影。顿珠感到很伤心，就在摘野果回来时，忍不住对师傅说道：

心爱的小弟顿月啊，
不知如今魂在何地？
祈求师傅加持我呀！
使我们早日能见面。

师傅听了这话，深感同情，只能先安慰他说：“你的心情我很理解，出于对小弟的一片挚爱之心，所以你非常急切地想见到弟弟。但是不能着急，要慢慢地来，我想这事一定能如愿的。”顿珠得到师傅的安慰，心情暂时平静下来，继续和师傅一起等待。

有一天，顿珠又去寻找野果，师傅一个人守在那里。此时，在师傅近旁突然显出一个土地神。这个神的形象非常可怕，满面通红，吹胡子瞪眼，又是三头六臂，真是凶神恶煞。他走到活佛跟前，对活佛说道：

禀告功德无比的活佛，
曾有帝释天王和梵天王，
化身为两位大觉仙人，
为解救王子顿月，
带来了灵丹和仙衣，
使他起死回生重返人间。
自从他复活以后，
寻找自己的哥哥四处走遍。
他的足迹布满了这一区域，
满山遍野都回响着他的呼喊。
可是眼下兄弟却无缘相见，
不过来日定能重逢圆满。

活佛听完这话，就对来者发问：

你这三头六臂的夜叉[①]，
红脸凶相实在叫人怕。
名叫什么？从何而来？

①夜叉，梵文的音译。亦称“药叉”“或乞叉”。意为“能啖鬼”或“捷疾鬼”。神话中，有时作为恶魔，但佛教中被列为护法。

请你全部跟我说实话。

土地神听活佛这么一问，马上答道：

我乃是上乐金刚空行诸神之神主，
系夜叉大将名比戈。
以虔诚之心特来进见您，
祈求予以加持蒙庥受福。

活佛知道了他的来意，就答应了他的请求。

临近夕阳西下的时分，顿珠摘野果回来了。师傅对他说："今天来了一位自称是当地的土地神，名叫比戈，系夜叉大将。他形象丑陋，面目可憎，三头六臂很可怕。他一来就安慰我们，叫我们不要为顿月的事过于伤心。他说，曾经来过两位大觉仙人，解救了王子顿月，使他起死回生。自从他复活后，就到处寻找哥哥，一时间，这区域的满山遍野都回荡着他呼唤哥哥的声音。只是目前你们兄弟还无缘相见，不过来日定会圆满重逢的。他还预言，你们兄弟俩终将成为佛教的教主，待到你们利益广大众生的时候，他答应做你们的护法神。我高兴地允诺了他的请求，赐福予他。现在我们已如愿以偿，你再小必过于担心了。"顿珠听到这一消息，非常高兴，一再地向师傅谢恩。然后他们就决定返回。

在返回的途中，只见前面的山谷狭道口，横躺着两条大蛇在睡觉，旁边还有小蛇，周围没有一点迂回通行的余地。

走在前面的师傅纵身想从蛇背上跳过去，不料身体一偏，一脚踩在蛇背上，刚好滑倒在蛇身上。在这千钧一发之际，顿珠赶紧冲到前面，跃过大蛇，把师傅拉了过去。由于师傅全身的重量都压在蛇身上，把蛇压得疼痛难忍。它刚要抬头报复，说时迟那时快，一刹那间，顿珠已把师傅从蛇口中抢救了下来。于是这条蛇愤懑地咒骂顿珠道：

猎物失却实不甘，
如能承受王子解救，
来世得以再受生，
定将报复这老僧！

它这么一说，从蛇群中也爆发出一阵阵的恶言恶语。它们咒骂了一通后，才一溜烟地钻回了石缝中。

活佛见此情景，以强烈的悲悯之心道：

多么可叹哟！
只因世代心怀邪见，
方才造成如此孽障。
但愿能以我的谛言，
消除孽障保得安康。
我们发个金刚誓愿，
祈求本尊三宝成全。

说完，师徒俩继续上路。不久，他们回到了自己的住处。没过几天，师傅对顿珠说：

深山峡谷久住惯，
清风绿水是我伴。
禅定修行心专注，
丝毫没有孤独感。
你和我比大不同，
离宫屈居幽静庵，
孤独在此甚难耐，
想念小弟更不堪。
知你烦恼又悲伤，
积郁在胸快乐难。
为此我们去对面，
漫步林间把心散。

说完，他就带着顿珠漫步来到茅庵对面的林中，在林荫道上坐下来，两人开始闲谈。师傅给顿珠讲了很多有关人生、事物无常的道理。而顿珠也向师傅请教。他好奇地问师傅："前面大岩石上的那些菩萨像是谁啊？"师傅非常郑重地答道："这事非同一般啊！他们（指菩萨像）是有来历的。当年，善逝如来佛百行中，曾到此隐居过。他的两个上首弟子观世音和文殊，曾化身为两个婆罗门小生，日夜服侍佛祖。一天，佛祖对观音和文殊预言道，将来有朝一日你们俩还会在此地重逢，并为众生利义。他的弟子听了这话，就在大岩石上自现身影，留下了这值得崇拜和纪念的圣地大石。”他以非常严肃的神态对顿珠继续说：“你要知道，如今已证实了佛的预言。当年那佛祖不是别人，就是现在的我。而两个弟子，就是你们兄弟俩。你们是当年观音和文殊的化身。因此，不久定将实现你们兄弟俩在此重逢的愿望。”顿珠听后，感到非常宽慰。为了表示对师傅的感激，他连忙向师傅磕头敬拜，然后对师傅说：

具有十力[①]前行智的活佛啊！
您给了我多少有益的教诲。
使我心领神会无比舒畅，
但愿能继续蒙受您的恩惠。

说完，他再次向师傅跪拜礼敬，以表明他的虔诚。

这时空中飞来了两只共身鸟[②]，一只手持铜钹，一只手持宝贝。它们飞到师徒俩跟前，把手中的宝物敬献给他们，并对他们说：“如果您二位未来转证佛法，愿我等能受生成为资财富足的施主，守护在你们的周围。”活佛听后回答：

---

①十力，指佛具有十种智力，即知处非处智力、知业报智力、知种种胜解智力、知种种界智力、知根胜劣智力、知偏趣行智力、知静虑解脱等持等至智力、知宿住随念智力、知死生智力和知漏尽智力。

②共身鸟。神话中一种人面鸟身的动物。

“愿你等的良好愿望如愿以偿。”

这时又飞来了两只鹧鸪鸟，它们想，这师徒俩莫不是冒充佛家的骗子！刚一起念，就已被活佛觉察。活佛就主动招呼这两只鸟，对它们说道：

鹧鸪鸟啊鹧鸪鸟，
你等不该起邪念。
执着偏见无益处，
应当修炼心向善。

两只鸟听了活佛的话，非常吃惊。它们的想法并没说出，但已被活佛道出，可见活佛的道行之深，名不虚传，难怪共身鸟如此虔敬。于是它们俯首帖耳地归顺了活佛，并敬拜在他的面前说：“祈求活佛宽恕我们，愿我等能世世代代跟随您虔敬佛法。”

从那以后，师徒俩都盼望着能早日见到顿月，所以非常注意寻觅顿月的踪迹。特别是顿珠常借外出摘野果的机会，注意观察动静或打听顿月的下落。不久他就打听到，在离这不远的地方，有一个较大的村镇。一天早晨，他前往这个村镇打听小弟的消息。到了村外的大坝，他看到很多小孩在玩耍，就前去观看。这些小孩一看来了一个英俊潇洒，好比王子一般的陌生少年，都停止了游戏，好奇地围上前来，向他问道：“喂！陌生人哪！看你这英俊潇洒的神气，真像一位王子啊！你从什么地方来？是干什么的？能把真情告诉我们吗？”顿珠听他们这么一问，马上回答说：

我是流浪乞讨者，
无家可归游雪原。
忍饥挨饿很难受，
祈求各位给施舍。

那些小孩听了顿珠的话，很可怜他，二话不说，马上拿来了大米等各种食物给他。当天下午，顿珠带了好多吃的回到了山里老僧处。他把白天遇到的情况详细地告诉了活佛。活佛听了顿珠的汇报，对他说道：“你今天出去没把真实身份告诉别人是对的。要不然，当地国王知道后，会把你抢走的。”从那以后，顿珠常去山外的村镇，和那些小孩交上了朋友。他们经常在大坝上玩摔跤，顿珠的力气很大，每次都把那些和他同龄的小孩摔倒。于是，他就向那些小朋友夸口道：

我生来，就属龙，
龙声宏大震四海，
威力巨大难比拟，
无敌天下传海外。

再说，离老僧住处约五个逾缮那的村镇里有一座雄伟华丽的王宫，王宫的周围居住着上万户百姓。那里环境优美，国强民富。国王是金刚手菩萨化身，名叫郭洽。他皈依佛法，悲悯众生，一直按佛法治理国政。他没有儿子，只有一个俊俏美丽的女儿。就在离王宫约两个逾缮那的大湖里，每年仲夏的十五日都有一条巨龙从天上降到湖中。届时全国的所有臣民都会赶到湖边来举行隆重的祭祀活动。由于龙王的威德，这一带长年风调雨顺，人畜两旺，五谷丰登，所有臣民们都过着富裕安乐的生活。可是近年，不知为何龙王一直没有下湖来。因此，风雨不顺，瘟疫蔓延，连年遭灾，时运很不佳。国王非常着急，请来了卦师，让他卜算吉凶。国王对卦师说：

先知先觉的卦师，
听我向你细细说，
往年仲夏十五日，
苍龙回到神湖中。
臣民百姓兴冲冲，
纷纷祭祀又上供。
由于托了苍龙福，
吉祥美满风雨顺。
可是转眼已数年，
不见湖中来苍龙，
连年干旱遭灾荒，
臣民百姓日贫穷。

原因究竟在哪里？

请你占卦卜原因。

卦师遵命，经过认真仔细的卜算后，将结果禀告国王说：

国王陛下听我言，

小人听从您命令，

经过认真的卜算，

现将结果呈报您：

那片明净神湖中，

胜喜龙王常降临。

群龙纷扰要供奉，

只有祭祀少供品。

如今要个属龙者，

年满十八少年君。

颈上挂满咒经文，

丢到湖中祭群龙，

以唤天龙下湖来，

国土方能复迎春。

吉祥满园得丰收，

如愿以偿获福运。

国王听完，马上召集群臣，下令为祭祀湖中的龙王，要找一个年满十八、属龙的少年，并要大家把上供的祭品筹集齐全。大臣们接受命令后，就分头去找这样一个合适的少年郎君。这时宫中有一个名叫知休的奸臣，他在寻访时，听村镇里一些小孩讲，曾经来过一个殊胜的少年，他年满十八，刚好是属龙。据说此少年和山间茅庵里一个名叫列白罗追的老僧住在一起。他得知这一情报后，马上回宫向国王禀告道：

国王陛下听我言，
合适少年难找寻。
诸臣出找皆空还，
唯我寻觅有下文。
昨日到一村镇里，
得知山中有老僧，
同伴少年正合意，
年满十八是属龙。
是否找来做祭品，
请您决断显英明。

国王听完，就对这奸臣说："如果你提供的情况属实，那就快快去把那少年带到我这里来。"

于是奸臣飞快地跑到深山老林，找到列白罗追的住处，然后对老僧说：

列白罗追你听着，

你处那个少年人，
现在何处快招来，
我要把他带进宫。

老僧听完，马上答道：

王臣息怒听我讲，
孤家寡人居深山，
虔诚修心归佛法，
哪来什么少年人？
请你别来为难我，
让我安度晚年禅。

奸臣听了老僧的答话，气急败坏，吹胡子瞪眼地威胁老僧说：“如果等我找出他来，那就没有你的命啰！”老僧干脆地回答说：“我没有什么可说的。我长年累月地独居在深山老林里，没有丝毫值得留恋的地方，你要杀就杀吧！反正这里什么也没有。”

奸臣一看老僧的态度如此坚决，毫无办法。于是就把老僧的茅庵里里外外搜查了一遍，结果连个人影也没找到。他又回到庵中，一把揪住老僧的胸襟，一手抽出腰刀挥着说：

对于一只不驯服的大象，
与其相劝不如拳打棒挥。
对于不说真情的老僧啊，

只好让你尝快刀的滋味。

说完，他举起快刀向老僧砍去。正在千钧一发之时，王子顿珠从庵顶跳到奸臣跟前，喝道："住手！不准杀害我的恩师！"奸臣看到少年突然出现，喜出望外，马上放下老僧，抓住顿珠。奸臣看着手中的"猎物"，心想，这个滑头老僧，如他不暗下私通，哪来这么个说不出自己父母的小子呢？他一面想着一面上前狠狠地揍了老僧几拳，还把他推倒在地，然后带着王子回宫去了。老僧眼看着奸臣生拉硬拖地把王子带走，无能为力。他痛苦万分，伤心至极地向三宝祈求道：

祈求本尊三宝啊！
快解除我的痛苦吧！
我曾托三宝的福泽，
得佛祖弟子化身子；
如今却遭磨难，
被可恶奸臣强抢去。
求你保佑我子安，
愿我父子能再聚。

奸臣带着顿珠很快地回到王宫，他把顿珠带到国王眼前。国王见使臣真的把少年带来了，十分高兴。他对顿珠和奸臣说道：

欢迎欢迎英俊的小生，
辛苦啦，我的知体使臣。
潇洒如王子的年轻人哪，
你就无忧无虑住在此宫廷。

他们把顿珠暂时安顿在王宫里。一个星期后，国王那位名叫唯丹的美丽公主，悄悄来到王子眼前，对顿珠说道：

祈求诸神佛仙保佑，
使奴家我今天能如愿。
英俊威武的天神之子，
请听我奴家唯丹一言。
犹如阳光普照莲池，
花蕾绽放喜开笑颜，
我有幸见您的尊容，
顿感欣喜在心间。
多愿得到您的垂慕，
相亲相爱结发为伴。

顿珠听了公主的求爱，马上答道：

美貌艳丽的唯丹公主，
请听我小生顿珠一言：
阳光固然能使花蕾绽开，
但星星的微光哪能比艳。

我乃是乞丐小辈，

怎能与公主匹配？

美貌的公主快快休言，

如让国王得知我该当何罪？

公主接着对顿珠说：

滔滔大海浪叠浪，

心潮澎湃难平静。

一朝倾慕结良缘，

任何暴力难断情。

请您多多理解我，

不要伤害爱人心。

顿珠听后，有些为难，心想，看来无法摆脱她的爱情了，也许是命该如此，那就只好顺从了。于是他答应了公主的求爱，对她说道：

您对我如此爱恋，

乃是前世的缘分。

美貌公主放心吧，

我愿与你定终身。

从此，他俩常在一起，情意绵绵，相互倾吐着自己的爱情。过了一段时间，祭龙的日子临近了。国王想："眼看祭龙的日子快到了，可我的公主却爱上了那位英俊的少年。他们如此亲热，形影不离，如把那少年丢进湖中，会使女儿伤心过度，以致生命难保。真不知该怎么办才好啊！”左思右想，他终于决定让他的侍臣再去找一个替身。于是他召集了所有的大臣，对他们说道：

我的公主小唯丹，
已经爱上少年郎。
彼此感情这般深，
形影相随不离分。
不能硬把情侣拆，
故请大臣细斟酌。
重新找个同龄人，
替代他往湖中扔。

大臣们听了国王的话，都没表示异议，唯独奸臣知休表示反对。他出来向国王说：

国王言出驷马难追，
出尔反尔执法无信。
如此不能收服民心，
故应按照前议来行。
仍把小生充当祭品，
还要加倍给他严惩。
因他师傅不守戒律，

乃属不法艳花父亲。

顿珠想，自己和公主的感情如此深厚，如果分离，确实不舍；但是我不去祭龙，那定会伤害无辜的百姓，使善民之子遭殃。想到此，他心中升起了舍己为人的念头。他毅然决然地向王臣走去，并对他们说道：

诸位大臣莫为难，
听我顿珠来表白，
公主对我深爱恋，
我当祭品可消灾。
故请大臣齐协助，
陪同公主一起行。
泛舟湖上寻欢乐，
使她慢慢放宽心。
到时我将眼色递，
你们赶紧将她护，
不能让她出危险，
我将纵身跳进湖。

在座的群臣听了顿珠的这番话，都惊叹不已。其中有一位名叫达瓦和另一位名叫嘎迪嘎的老臣感动地流下眼泪，向王子顿珠磕头敬拜：

殊胜的少年顿珠啊！

你甘愿舍己为众生。

如此英雄豪杰志，

令人钦佩更崇敬。

但愿轮回再受生，

蒙你摄持与怜悯。

祭祀的日子到了。这天一早，国王、大臣、公主和宫里的随行人员一起同舟前行。公主生怕顿珠会离开自己，所以紧紧地抓住顿珠不放。但是顿珠十分镇静，一路上若无其事地和公主谈笑风生。过了一段时间，公主慢慢地安下心来，放开了紧抓住顿珠的手。这时顿珠向周围的侍臣递了眼色，侍臣们马上把公主抓住，使她不能动弹，然后顿珠纵身跳入湖中。顿珠一入湖中，顿时空中洒下了花雨，不久出现了雨后彩虹，整个大地震动了六次，出现了很多吉祥的征兆。公主眼看顿珠跳入湖中，悲痛欲绝。可是她身不由己，动弹不得，只能由他们送回王官。到了宫中，她悲痛难忍，泣不成声，如撕心裂肺似的唱出了一段痛苦的悲歌：

啊嘛嘛！

苍天大地救救我，

如此悲痛谁堪忍？

有缘能和王子配，

心满意足结深情。

不料晴天响霹雳，
他跳湖中去祭龙。
留下我这薄命女，
伤心忧愁难生存。
王子有灵听我说，
如能神变请快回。
可怜我这孤独女，
待结鸾凤共死生。

再说王子跳进湖中后，来到了龙宫。龙王戈乌等龙群，看到前来的王子全身湿透，身上挂着亮晶晶的露珠，感到很惊奇，对他说：

敬爱殊胜的王子听我言，
以往每年下湖的祭祀品，
均因身心恐惧而很痛苦，
浑身散发晦气熏害群龙，
使群龙忧郁不乐而烦闷。
如今仁慈的王子下湖来，
就像洒下了松香和甘霖，
群龙个个振奋心旷神怡，
险中遇救是您赐给深恩。
群龙的怙主我们把你请。

王子听了龙王的话，马上答道：

尊敬的龙王和群龙，
为解救众生的苦难，
我身居何处都无不可。
可是现在我的恩师——
敬爱的活佛列白罗追，
正在遭受痛苦的折磨。
请你们克己行方便，
让我回去探望后就来把怙主做。

王子又对群龙详细说明了自己的来历，特别是这次被国王找来充当祭祀品时，师傅遭受不幸痛苦的情景。群龙很受感动，同时深表同情。它们敬拜供奉王子，并祈求道：

功德高深的殊胜王子，
诸事成就的怙主顿珠，
你慈悲为怀仿佛空中的云丛，
愿能从中洒下佛法甘露，
普润万物大地，
解救众生的痛苦。

王子接受了它们的请求，在此后三个月里，给群龙讲了很多佛法道理。最后，他对群龙总结归纳道：

群龙牢记我所言，

实现愿望并不难。
皈依佛法信三宝，
死殁无常乃客观。
世间欢乐哪足恋，
此同麦粮火上燃。
应把众生当恩人，
处处利他发慈善。
六字真言常念诵，
纯洁心灵重笃实。
凡此种种皆做到，
最终愿望定实现。

龙王、群龙听后心悦诚服，个个获得净信，都捧出如意宝，异口同声地祈祷道：

佛法要义您指明，
我们决心勤实践。
您的恩惠重如山，
龙宫从此得生机。
烦恼消除心舒畅，
再不用人做祭祀。
您的恩情难报答，
暂请收下这宝贝。

但愿世代受摄持，

跟随师徒心不违。

王子顿珠答应了它们的请求，并说道：“这些宝贝对我来说没什么大用处，但为使你们早日获得二资粮位[①]，所以我接受你们的礼物。我诚心祈祷佛仙诸神能早日实现我见师傅的愿望。”

在群龙真心拥戴下，王子顿珠得到了回人间的允诺。他为离开龙宫作了充分的准备，然后默念静坐，祈求借助佛力，能马上回到师傅跟前。不一会儿，他的身子如轻纱薄雾般地飘了起来，他游升自如，转眼间就来到了山林里。当他睁开眼睛一看，已经到了师傅茅庵的门口。他马上大声喊：“师傅，您的徒弟顿珠从湖底回来了！”师傅不信，以为有人故意来取笑他，所以气呼呼地回答说：“我的徒儿早就被丢到湖中去了，不可能起死回生，重返人间。你不要来这里幸灾乐祸，取笑我老僧。”他说着便气得晕倒了。顿珠马上上前扶起师傅，给他洒上甘露，使他渐渐地苏醒过来。看到师傅苏醒了，他紧紧抱着师傅说道：“师傅，我真是您的徒弟顿珠啊！因为托您的福，所以我到了湖中平安无恙。在湖底龙宫中，我对龙王们讲经说法，使他们心悦诚服，皈依三宝，这才使我平安地回到了

①二资粮位，指福德资粮位和智慧资粮位。

您的身边。师傅啊，您别再难过，放心吧！”这下师傅真的相信了。他悲喜交集地对顿珠说：

回来啦！
我心爱的年轻小生！
你舍己救人为众生利益，
诸事成就又平安地归来，
真叫人喜出望外又振奋！
如此殊胜的王子，
三世间[①]也难找寻。
但愿从此不分离，
永在一起享安宁。

听师傅说完话，顿珠就把湖中龙王们赠给他的如意宝贝敬献给师傅，又把前后经过详细地告诉了师傅。师徒的重逢，使他们欣喜无比。他们高兴地在一起共进餐食，叙说别后之情。而此时，国王郭洽也在考虑，自从把山间隐居的老僧那徒弟送进湖中祭龙后，大地恢复了生机，消除了瘟疫，夺得了丰收，到处出现了欢乐的景象，现在应该好好酬谢那位老僧了。他召集了所有的大臣，对他们说：

诸位大臣请静听，

---

①三世间，此指天世间、人世间、龙世间。

有一要事来商定，
自从顿珠丢下湖，
生机勃勃满园春。
人畜兴旺粮满仓，
吉祥满园丰年庆。
如今应报老僧恩，
拟请老僧进王宫。
好好酬谢勤供奉，
你们觉得该应否？

大臣们听后，一致表示赞同，唯独知休又表示异议。他说：“古往今来，从未有国王敬奉俗民之事，王臣颠倒，实在不合理，请国王休行。”说着，还表现出一种不满的动作。国王看到除了知休外，其他大臣都赞成这事，就继续说道：“诸位忠臣，请你们推出一个虔诚佛法的大臣，快快上路，到深山老林把那老僧请进宫里来。”这时，从群臣中走出一位虔诚佛法、名叫白巴的大臣，跪在国王的面前说道：

听了国王一席话，
使我感到很欢欣。
敬请活佛之使命，
由我白巴来完成。

说完，他退出王宫，带了十一名随行，马上动身前往老僧处。到了深山老林老僧的茅庵门前，他向里面的老僧说道：

大恩大德的殊胜活佛，
请听虔诚佛法的王臣一言，
自从把您的弟子送进湖，
国内的一切灾害全消除。
如今生机盎然五谷丰，
幸福满园吉祥又安定。
故经王臣商议共决定，
敬请活佛快快进王宫，
接受供奉以报大恩德，
我等特此前来把您迎。

老僧听到这话，就出来答话：

欢迎您王臣的光临！
辛苦啦，随行的勇士们。
老僧我一向安居深山，
无心下山漫游那村镇。
但国王降旨实难违背，
只好遵命随你们行。
允我收拾法衣和法器，
请你们山脚下把我等。

王臣和随行人员听了活佛的话，就到山脚下去等他。这时老僧考虑是否把顿珠带去。如果把他留下，有点不放心；如果把他带去，又怕被国王认出后再抢去。老僧为此踌躇不安。顿珠看出了师傅的心事，马上说道：

师傅师傅勿担心，
我可化妆随您行。
身穿粗布破衣裤，
脸上戴个假面具，
装成乞丐流浪儿，
他们准定难辨认。

于是，他穿上破衣烂衫，戴上面罩，化妆成小乞丐，把师傅的法衣和法器等包起来，跟着师傅下山了。到了山下，侍臣们把马牵过来请活佛骑上，但活佛谢绝说：“我老僧受戒，不能骑马。”于是，他们尊重活佛的习惯，由徒弟扶着活佛，一起慢慢地步行。路上，这些侍臣打量着活佛的徒弟，只见他衣衫褴褛，蒙头遮面，不胜惊奇。那为首的大臣不禁开口向老僧问道：

列白罗追大活佛，
您的徒弟有怪行？
老是躲闪回避人，
究竟这是为何因？

老僧听后，马上答道：

我这稚弱小徒弟，
乃是无家小游民。
家境贫寒难活口，
流落乞食以求生。
不幸遭到毒蚊咬，
感染化脓又肿痛。
如不带上防护罩，
日晒风吹难消肿。

经老僧这么一说，他们都信以为真了。

不久，他们到达了王宫，国王郭洽亲自出来迎接，并把活佛迎请至大厅的三层垫子高座上坐下，让他的弟子坐在师傅的身边。国王吩咐以丰盛的食物敬奉老僧，要求活佛在宫中住七天，活佛愉快地答应了。然后，国王对活佛说道：

尊敬的活佛听我言，
朕为治国救百姓，
曾把你殊胜弟子，
丢进湖中作祭品。
为此使你甚悲伤，
朕亦不安心生疼，
故此请求你宽容。

自那青年下湖后，
大地光复气象新。
此乃活佛大恩惠，
今日特把你迎请，
诚心报答你德恩。

活佛答道：

陛下如此之圣举，
深深感动我老僧。
我那殊胜之徒弟，
乃是桑岭国王子。
只因王妃生嫉妒，
把他流放到边境。
辗转来到我寒舍，
从此留作深山人。
他的身世非一般，
让我细细来说明。

接着，他就把顿珠的身世详细地告诉了国王和大臣们。大家无不为此感动，并且非常感激这位活佛的大恩大德。

四天过去了，大家觉察到这位徒弟与当初被作为祭品送进湖去的青年很相似，但尚存疑惑，不敢确认。第五天，国王邀活佛到宫楼顶台观赏，公主唯丹将犀牛角、象牙、稀有野兽

“纹泥也”的皮子等礼物敬献给活佛，并向他磕头祈求道：

殊胜的活佛我的怙主，
奴家唯丹向您祈求，
我依恋的爱人王子顿珠，
不幸被父王众臣丢进湖。
愿您怜悯小女子降恩惠，
解脱他在世时的孽障堕罪。

活佛听后答道：

公主唯丹莫伤心，
听我老僧道一言，
托福佛神细关注，
你们有缘重相见。

就在这时，一阵风吹来，把活佛的帽子刮走了，乔装改扮的顿珠赶紧跑去给师傅拣帽子，不料一不小心头碰栏杆，把自己的面罩掀掉了。他的真实面貌一暴露，就被周围的大臣认出。他们马上围住王子顿珠说道：“殊胜的化身，英俊的王子呀，你安然无恙又回到了宫中，这真是奇迹啊！”公主唯丹因这突如其来的事变一下子惊呆了，半晌，她才像从梦中醒来。当她确信眼前果真是她日夜思念的意中人时，惊喜万分地跑上前去拉住顿珠的手，对他说道：

千载难逢意中人，

未料死里能复生。

如梦初醒惊又喜，

万难排除得福运。

王子也感慨万分地说道：

忍痛离别心爱人，

纵身跃入大湖中。

多蒙佛神来保佑，

安然无恙是故人。

告辞龙王回人间，

今随尊师再入宫。

有缘和你喜重逢，

尽情欢乐泪莫涌。

国王和众大臣惊视着这位徒弟卸去佯装而露出的非凡仪表，马上吩咐拿来大量宝贝敬献给王子顿珠，并请求活佛给他们解说殊胜王子的前世因缘。活佛答应他们的请求，把顿珠的前世来历详详细细地叙述了一遍。大家听后，更加敬重这位王子。之后，活佛又把龙王赠给他们的宝贝拿出来，将其中的如意宝贝献给国王，其余均赠送给众大臣。国王对王子说：

敬拜你这佛的化身——

殊胜无比的王子，

我曾不明事理真愚昧，
做出失敬尊者的举动，
侵扰你们师徒的虔心，
如今发愿忏悔其罪行。
请求你们海量宽恕，
从此世代虔敬佛、法、僧。

说完，国王郭洽敬请王子入高座与活佛一起受虔敬的供养，又对活佛说道：

这位英俊的王子啊！
他功德高深福分大，
仁慈悲悯世上难找寻，
莫怪小女一心爱恋他，
定是良缘前世就结下。
我年事渐高力不从心，
没有精力继续掌治国家，
想早日为他们筹办婚事，
然后将国家大事交给他。
请您发表高见以为如何？

活佛答道：

福德双全的国王陛下，
能与我老僧结为亲家，

此乃前世积善之开花。
我这观音化身的徒弟，
今能与你的公主婚配，
真是千载难逢的良缘。
十三天后将是黄道吉日，
依我看结婚与登基一同举行，
如你赞同即双喜临门，
那就请众臣民准备筹划吧！

国王听后非常高兴，对活佛磕头祈求道：

待等这番大事完成后，
我想建座小庙在深山，
偕同前往静心来潜修，
积德行善念佛守规诫。

活佛欣然应诺。国王感到心满意足。于是，他召集大臣们，对他们说道：

诸位大臣听我言，
我有重大政令要宣告，
天上的日月虽然光灿灿，
但总要遭到罗睺伤害；
汹涌澎湃的大海，
到末劫海水总是要枯干；

我如今虽威力显赫资财富足，
到头来生殁无常终要离人间。
为此深思熟虑作决定，
将国权交于顿珠来继承。
待等十三天后的黄道吉日，
将要举行顿珠的婚宴。
和新国王的登基仪式，
望众臣全民准备隆重庆典。

到了黄道吉日那天，王子顿珠和公主唯丹带上桂冠，一起登上了宝座。国王把如意宝等大量宝贝，还有佛像、佛经、佛塔、金银器皿、象牙等各种稀有贵重物品驮在象背上，加上无数战马、牛群等全部财物都交给王子，并委任道：

诸事成就的殊胜化身，
从今起国权正式由你继承，
望你多行十善恩泽臣民，
按照佛法治理国政。

活佛也为王子祝贺道：

世尊怙主啊！

您智慧圆满遍布十方[①]境。

祈求加持王子顿珠，

为他因祸得福而灌顶。

愿他登基操持国政后，

如日中天阳光暖人心。

臣民百姓安居乐业，

吉祥如意福运长存。

这时，宫楼顶上彩旗飞舞，号角齐鸣，臣民们载歌载舞，热烈庆贺顿珠与公主成婚，庆贺顿珠登基执政。之后，百余个大臣依次宴请国王和王后。整个欢庆仪式延续了百余天才结束。大家沉浸在欢乐的海洋中，唯有那个奸臣知休感到很不是滋味。他想："一个游民乞丐的孩子，如今成了一国之王，这实在是不成体统。那一定是艳花浪子老僧的诡计，迷惑了国王。"因此他内心极为不满。但事到如今，木已成舟，所以他只好装腔作势，投诚新国王。他说道：

我愿意世代跟随国王，

盼能得到国王的恩信。

国王听后欣然答应他的要求，不计旧恶，仍重用他。

①十方，即东、西、南、北、东南、西南、东北、西北、上、下十个方位。

隆重的欢庆仪式圆满地结束了。前王敦洽拜活佛为师，准备受戒出家。由于受前王的影响，百余个臣民也跟随一起出家修行。他们在原来活佛住的小茅庵处盖起了新的寺庙。活佛为寺庙起名为苏戈若。在苏戈若寺庙，他为百余个臣民讲经说法，并为他们授具足戒①。他为前王起法名叫戈瓦白，还替百余个臣民也一一起了法名。从此，他们就随活佛在苏戈若寺庙安心修行。而在宫里的国王和王后继承前王大业，将国政治理得很好。

这样不觉过了两年。春天到来的时候，国王顿珠召来了侍臣，对他们说："在这春暖花开日，我想到茂密的林中去春游，请你们做好行前的一切准备。"

侍臣们遵命为国王和王后准备马鞍、象队等各种旅途用品。一切准备停当后，国王和王后就骑着马，由随行陪同一起出宫旅行。几天之后，他们来到了原来葬小弟顿月的坟前。国王顿珠下马祭坟，坐在墓前祈祷。正在此时，忽然从远处传来了人的呼喊声，他马上起身对侍臣民们说：

你们就在此地留步，
侍候王后尽情欢乐。

①具足戒，指佛教比丘和比丘尼戒律。因与沙弥、沙弥尼所受十戒相比，戒品具足，故称。

我独自去周围漫步，

采来奇花异果助乐。

说完，他就循着有声音的地方走去。当他悄悄地接近有人声的地方时，发现林中有一个全身长满毛发、像野兽一般的人，手里捧着野果，在那里自言自语地说：“我心爱的哥哥顿珠啊，你如今在何方？你可曾知道小弟我，摘下野果在等您吃！”国王顿珠清楚地听到了这些话，不由得一阵心酸，泪如泉涌，泣不成声地脱口而出：“犹如我眼珠一般心爱的小弟顿月啊，你哥哥顿珠已来到你身旁。”顿月突然听到有人答话，一边竖起耳朵悉心地听着，一边用眼光搜索。顿珠紧走几步，来到小弟的眼前。当小弟认清了站在眼前的果真是他日夜思念的哥哥时，他不顾一切地扑向哥哥，两人紧紧地拥抱在一起。顿珠仔细地打量着弟弟，伤心地说道：

啊嘛嘛！

我可怜的小弟顿月啊！

昔日好端端的一个人，

如今变成了野生动物。

堂堂的王子流落此地，

竟然遭受如此的折磨。

祈愿上苍怙主明断吧！

让众生从此免遭恶难。

小弟暂且忘了痛苦，破涕为笑，高兴地说道：

与亲爱的哥哥重新相逢，

我终于见到了幸福的阳光。

两个人由于相逢而激动万分，辛酸苦辣甜一起涌上心头，他们再次紧紧地拥抱在一起，放声痛哭。过了许久，顿珠才想到把顿月带到王后及侍臣们那里。众人为国王与弟弟的重逢而高兴，忙着给他刮毛去垢，沐浴净身，洒上五香甘露，并摆下美味可口的食品，让他吃个饱。顿珠看着这情景说道："用智慧的宝刀刮去愚昧三毒，喝尽八珍美味的甘露，愿永发菩提善心。"

顿月在随大家野营春游的过程中，由于受到大家的精心护理，身体逐渐康复，体格健壮，英俊潇洒，就像他哥哥一样。国王顿珠为了纪念他和兄弟的久别重逢，决定在原小弟墓地附近那莲花盛开的"八功德"水池旁，兴建一座以寺庙为中心的建筑群，然后发展成一个小村镇。他让王后和她的随行先回宫。她们回宫后，把在林中国王兄弟俩重逢的消息及顿月的经历详细地告诉了宫内的侍臣们，他们听了大为高兴，连忙投入欢迎国王兄弟归来的准备工作。不久，国王兄弟俩就回宫了。以王后为首的宫廷侍女们，穿着节日的盛装，佩戴各种饰物，手捧迎亲酒，以大臣染叶海、阿南德为首的宫廷侍臣们也服饰一新，手捧着各种礼品，众人一齐站在宫门口，夹道欢迎国王兄弟俩的归来。宫廷四周的黎民百姓成群结队，挥旗鸣号，打鼓奏乐，翩翩起舞，呈现出一片欢乐的景象。国王以无比喜悦的心情，向大臣们宣布：

各位大臣听我言：
本尊诸神赐怜悯，
我与顿月兄弟俩，
起死回生又重逢。
在这幸福的时刻，
吉祥满圆好精神。
快请活佛和父王，
进宫分享这高兴。
敬拜供奉两尊老，
以报厚意和深恩。

大臣们遵命，立刻派人前去把活佛列白罗追和前王戈瓦白请到宫里来。活佛和前王来到宫里，见到国王兄弟俩的别后重逢，高兴至极，赞叹不止。在一旁的知休见此情景，又想，这个狡猾的老僧，不但把他的儿子推上王位，而且又把儿子的弟弟也找来了，这下可不会再有我这个首席大臣的安宁了。因此，他独自闷闷不乐。而国王兄弟俩在众臣们的簇拥下，被请到正厅的金宝座上。老活佛为他们祝贺道：

由于本尊三宝怜悯关注，

你们虔诚行善终成正果。
祈求无量寿佛多多保佑，
但愿兄弟长寿共创宏图。
王臣精诚团结治理国政，
俗民虔信佛法安分守己。
消除一切伤民害国之祸，
祝福吉祥满园民强国富。

可是这时，知休由于不满情绪的不断上升而产生了恶念。他设法逃到了一个叫岗戈巴扎的地方，与那里的强盗头子勾结起来，伺机复仇。他带着群贼经常扰乱本国的安宁，对抗国王。为了保国卫民，国王顿月只好全副武装自卫反击。他率领步兵马队开赴战场，与群贼决斗。双方摆开了阵势，顿月首先出来向战神祈祷道：

吉、吉、索、索！
祈战神保佑我克敌制胜，
但愿降魔平乱彻底绥靖。

敌方贼群的首领知休出来厉声说道：

祈魔主热加保佑，
愿黑魔教法兴盛。
顿月小子你听着，
我本是原国王郭洽之首席大臣，

由于老僧行诈骗，

推荐流浪乞丐继国政，

从此我被贬抑看轻。

要知道狗急必跳墙，

落水之犬要伤人。

既然命定与你作对，

我就豁出命来和你拼。

从豹皮弓套取出弓，

从虎皮箭筒拿出箭，

张弓搭弦箭射你心窝，

犹如闪电一般叫你无法躲遁。

他说着，就把箭头对准顿月的胸膛“嗖”的一声直射过去。说时迟，那时快，顿月赶紧卧倒在马背上，这支箭就擦身飞了过去。顿月挺身起来对知休说道：

祈求本尊三宝怜悯，

快快降伏这作乱魔群。

侍臣知休你听我言：

莫夸夸奢谈你箭法精，

你射技低劣不是我对手，

张弓射箭实在不堪相比拼。

我对付你只需一条绳，

此绳乃是悲悯之心所化为，
天下无以匹敌且神通，
绳端此处的铁环是菩提心的象征，
彼处的铁钩则是无我证悟的象征，
如今休怪我无情抛出它！
愿本尊三宝摄持，
降伏群魔套住知休你贼人。

说着，他把手中的套绳抛了出去。一刹那间，套绳的铁环不偏不倚正好落在知休的脖子上，像鹞鹰挟住小麻雀似的，一下子把他挟了过来。敌群眼看首领当了俘虏，立刻乱了阵脚，个个吓得哆哆嗦嗦，纷纷上前缴械投降，祈求王子顿月怜悯。顿月悲心升起，慷慨救助，赦免他们，并规劝他们回去改邪归正。然后，他把知休带回宫中。

国王顿珠对于知休的叛变行径不但没有治罪，反而赐给他比原来多三倍的领地，封他为这一领地的领主。顿珠就这样仇将恩报地平定了这次叛乱，使臣民百姓重新得到了安宁。

此后不久，有一天，顿珠看到自己国家的臣民百姓生活愉快，吉祥如意，不觉思念起家乡来。他想："我们两个患难兄弟，历尽千辛万苦，死里逃生，重新相会，还因祸得福，在异国他乡生活美满，非常幸福。不知家乡的父母情况如何？父王母后一定会因失去儿子而长期痛苦忧伤。我们应该回去探望他们，让他们得到安慰。”想到这里，他就对弟弟和王后说道：

贤弟顿月和爱妻唯丹，
请你俩听我顿珠一言。
美好的佳愿已实现，
国富民强繁荣又昌盛。
举国上下皈依佛法，
死里逃生兄弟来重逢。
眼下该去见父母亲，
不知你俩是否赞同？

他们听完马上答道：

功德高深的国王陛下，
此事我俩完全赞同。
应当早日前往探亲，
给父母好好孝敬恭奉。

国王要回家探亲，决定由大臣白巴和侍臣知休留在宫内，暂时代理国王主持政务。另又命侍臣扎亚达热和阿南德带领千百个臣民和驮着各种如意宝贝、金银财物的象队，随他一起前行。臣民们个个骑着高大的骏马，随从国王坐的金子镶边的华丽马车，一行人浩浩荡荡出发了。当他们大队人马来到桑岭国界时，被那里正在为本国国王多不吉拉兴修宫室的臣民们发现了，他们立刻向多不吉拉国王汇报：

向尊敬的国王禀告：
与我毗邻的强国之主——
国王郭洽，
曾在靠我疆界林中兴建村镇，
现又带领大队人马，
还有驮着大量物品的象队，
一直向我国进发。
众臣担心他会强占我国土，
下旨是否需要检查。

国王多不吉拉回答道：

忠诚的侍臣听我言，
失去心爱的儿子太伤心，
我正为王族绝种而忧愁，
这些事实在无心过问。
如何对付入境的邻国人，
请诸位大臣共商作决定。

说完，国王和王后就回宫去了。

再说王子兄弟俩进入桑岭国境后，派出有百余个人马组成的先遣队，前往桑岭国王处送信。当先遣队快到王宫时，臣民们由于惊惧乱作一团。这时，为首的使臣扎亚达热带了少数人马直接进宫，拜见国王。他见到了多不吉拉国王后，就向国王说道：

依玛劓[1]！吉祥如意！
启禀贵国王陛下，
您的王子顿珠和顿月，
前来拜见父王与母后，
特此派我等使臣，
先来报个大喜讯。

国王听后，心想这绝不可能。莫不是他们想夺我的国权而使出的计谋？来者不善，可要小心提防。于是他对前来的使臣答道：

邻国的大臣听我言，
我爱子流落他乡已多年，
生死不明无音讯，
哪有可能突然回还。
请别在此嘲弄我，
信口雌黄冒风险。
阴谋夺权占领土，

①依玛劓，表示惊奇和赞美的发语词。

这才是你的真意愿。

使臣听了这话，知道国王误会了他们的来意，马上解释道：

国王陛下请息怒，
不要误会听我说：
扎亚达热是我名，
祖祖辈辈信奉佛，
从不谄诳诡骗人，
更不伤害诸有情。
挑拨离间有何益？
自作自受罪非轻。
如若我有欺君嫌，
哪能身居此要职？
为此请您相信我，
快快准备把王子来迎接。

国王这才转疑为信，对前来的使臣说道：

扎亚达热谢谢您！
我那心爱两儿子，
曾因我轻信谗言，
而被流放偏僻地。
此后做梦未想到，

还能父子重相聚。
真是苍天降奇迹，
本尊怙主赐恩惠。
烦你辛苦来报信，
请你留宫稍休息。

接着他对周围的宫廷侍臣们说道：

巴拉迪瓦等臣听我言，
由于本尊怙主的救助恩被，
王子兄弟即将回宫来团圆，
你们快快去做迎庆的准备。

侍臣们领旨后，立即动手在宫内的各处张挂幡幢华盖等各种装饰品，又派人把王宫外周围的大街小巷打扫得干干净净，然后在离王宫不远的大坝上架设帐篷，准备迎接王子及其随行。这时王子派出的第二批、第三批人马也相继到达，他们带来了王子顿珠给国王王后的信件。信中详细叙述了当初王子兄弟俩被流放时，沿途所遭遇的一系列痛苦：先是小弟顿月饿死在荒山野林，之后自己幸遇隐士活佛，得到救助，但不久又被他国做祭品丢到湖里，与湖中龙王相遇后，用佛法感化它们，使自己从龙宫回到人间，继承了敦洽国王的王位，最后与被大梵天王和帝释天王用灵丹妙药和“嘎西嘎”锦衣复活的顿月重逢的一系列经过。国王和诸大臣知道了细情后，无不惊叹，同时又为他俩归来与国王王后团圆而高兴。

准备工作一切就绪。王宫外方圆几十里地，满天彩旗飘扬，鼓号齐鸣，人群的欢呼声震动大地。百姓载歌载舞，热烈欢迎王子归来。从来不出宫、年事已高的国王兴致勃勃，拄着拐杖，欣然与大臣们一起出宫迎接王子。王子兄弟俩到达帐篷前，拜见了父王。父王悲喜交集，感慨万分地说道：

欢迎欢迎我的儿啊！
亲爱的骨肉顿珠和顿月。
万没想到老父死前还能见到你们，
这犹如阳光照耀温暖我的心。
你俩长期颠沛流离飘落他乡，
孤苦无依挣扎在那偏僻野林，
受尽无数饥饿和恐惧的折磨，
尚能安然无恙回来真是万幸啊！

说着，父子三人激动地久久拥抱在一起。顿珠对父王说道：

亲爱的父王大人，
为在这黄道吉日能与您相见，
我们兄弟俩感到无比幸福。
在我俩流落他乡的漫长岁月，

父王伤心抑郁贵体欠安，
孩儿为此深感内疚痛楚。
如今国政兴衰如何？
臣民是否走上虔诚佛法之道？
我们虽曾遭受极大的恶难，
但因受到仁主列白罗追援助，
使我继承了国王郭洽的王位宝座。
按照前王戈瓦白的意愿，
奉行佛法治理国政，
行善积德政通人和。
如今国政兴盛臣民幸福，
我便前来拜见恩爱的国王老父。

就这样，父子三人和大家一起尽情欢乐，在营帐里休息了三天，期间出现了各种吉祥征兆。

一天，王后白玛坚准备了如意宝贝和黄色宝石“吉吉若”、蓝色宝石“囤嘎”、白色宝石“本珠叶”、红色宝石“玛尔盖”、绿色宝石“因陀罗尼”等五色齐全的宝物、七珍，[①]以及各种锦丝绸缎等礼物来探望王子。王子见王后白

①七珍，视为稀世珍宝的七种器物。即国王耳饰、皇后耳饰、犀牛角、珊瑚树、象牙、大臣耳饰和三眼宝石。

玛坚来了，马上把她迎进帐篷。双方坐定后，王后便起身向王子磕头敬礼，并说道：

二障[①]清净智慧的觉者，
诸事成就的国王陛下：
由于奴家的三毒二障，
有眼不识贞者的功德，
一时我慢起而行恶意，
将你驱逐至偏僻野林。
我深感内疚向您忏悔，
求您大慈大悲宽恕我。

说完，她的泪水夺眶而出，再次向王子磕头请求宽恕。顿珠见王后痛改前非，马上扶起王后，请她坐下，然后对她说道：

尊敬的母后白玛坚，
且听儿辈我顿珠一言，
既能认明六趣[②]皆为父母，
还有什么积怨怀恨之点？
离诸忌恨烦恼的清净者，

①二障，即烦恼障和所知障。
②六趣，即六道。

哪有什么徇私和偏袒之嫌？

感谢您的恩赐使我纳入智途，

从此得到法缘如理修心。

尊敬的母后请莫伤感，

保重玉体为此高兴吧！

国王王后等由此得到了三信[①]，把两位王子请到了自己的祥瑞宫。国王感到年事已高，继续主政力不从心，决定让顿月继位。一天，他召集了所有大臣，向他们说道：

诸位大臣请静听，

我有要事吩咐明。

我已年高力减退，

心神恍惚眼不灵，

无力治理国家事，

故想隐修了余生。

决定顿月继王位，

望尔速去做准备。

他们选择了一个黄道吉日，为王子顿月继位，举行了隆重的登基大典。在这典礼上，国王将国权交与顿月，并对他说道：

①三信，即清净信、胜解信和现求信。

从今起我将国权授予你，

望你政教合一治好桑岭国。

遵守十善大法规，

尊重德高望重者。

赏罚分明两不误，

严惩卑劣行恶者。

皈依佛法敬三宝，

悲悯众生积善业。

顿月接受王冠后，就面对臣民们说道：

皈佛修身本我愿，

如今继位从父命。

现将法规告臣民，

取舍标准请遵行。

虔信三宝勤供奉，

六字大明常念诵。

行善不在小与大，

廉洁奉公要秉正。

谁要徇私伤害人。

严加惩治不讲情。

国富民强靠众人，

牢记真理付行动。

从此，两兄弟分别治理各自的国政，两国日益繁荣，兴旺发达。不久，两位国王觉得，他们能有今天，全靠活佛与戈瓦白。因此二人商议决定邀请两位老人到桑岭国来。于是顿珠国王把大臣白巴和达瓦金叫来，对他们说：

二位忠臣听我言：
雨过天晴阳光艳，
兄弟父母皆团圆。
在这吉祥如意时，
对活佛与父王更思念。
现派你俩去深山，
快接他们来桑岭，
敬重供奉度晚年。

二位大臣遵命，快马疾驰到了林中寺庙，对活佛列白罗追和前王戈瓦白说道：

功德高深的列白罗追活佛，
德高望重的戈瓦白前王，
我们特此前来向你们禀报：
顿珠顿月兄弟俩，
与他们父母喜团圆。
如今顿月继承了桑岭国王位，
举国上下呈现繁荣昌盛圆满，

为此邀请你二位前往光临。

老活佛听完答道：

欢迎二位使臣的到来，

长途疾行风尘仆仆辛苦多。

得知两王子全家团圆很欣慰，

我俩即刻随你们前往桑岭国。

说完，他们就启程前往桑岭国。两位国王亲自出宫迎接。老活佛和戈瓦白到了宫门口，一下马，国王就上前磕头说道：

敬拜恩惠的殊胜大师，

欢迎尊敬的父王陛下，

您二老结成如此胜缘，

在深山老林潜修正果。

慈悲加持我兄弟俩，

衷心感激你们的恩泽持护。

活佛和前王也祝贺国王兄弟家人团圆。然后活佛，前王，大臣白巴、扎亚达热、阿南德、达瓦金、嘎迪嘎等所有的宫廷侍臣数百名，千百个商人，卦师根尼扎、相士巴扎等数十名婆罗门陪同两位国王来到王宫，在宫内举行了盛大的欢迎仪式。

再说侍臣知休，自从上次叛逃发动叛乱后，虽未被治罪而继续留宫使用，但他仍然不回心转意，坚持邪见。他始终认为是狡诈的老僧使出计谋，把两个小孩安插存两个国家，窃取了两个国家的最高权力。他欲反抗又无能为力只好再度逃到异国。他收罗了数百名盗匪在外逃途中的山路上，遇到了岩崩，这群亡命之徒一起被葬送在岩石之下，一命呜呼了。他们得到了应有的报应。

而在桑岭王宫里的活佛和前王，他们在宫中住了三个月又二十天。在这期间，活佛对臣民们讲经说法，不断弘化，并特别对二位国王详细讲解了因乘和果乘[①]。最后他对两位国王和所有在场的臣民们预言道：

在这善法圣地桑岭国，
一起聚会行善把佳愿祈：
未来五浊斗诤时[②]，
怙主释迦将会来人世布佛意。
从此北方鬼神野兽出没地——
雪域开始有人类，
盛行善逝正法信奉佛旨，
此乃顿珠普度众生的好时机。

①因乘，即显宗法相乘；果乘，即密宗金刚乘。

②斗诤时，指人世间的法、财、欲、乐即道德、财富、享受和安乐四者之中只能具备其一时代，在四十三万两千年期间，释迦牟尼出世。

你将守居赞普位[①]，

经过三道七次轮回后受生，

终能弘扬佛法通行教义。

不过将有魔鬼化身属牛之徒[②]，

洗劫经典把佛教毁灭，

但我会从佛祖圣地[③]关怀你。

当你在雪域受生为名叫杂耶居士时，

我将重返雪域传授迦当七宝兴善业。

此时顿月受生为名叫扎杂涅教徒，

来扶助我弘扬佛法大善业。

直到五浊恶世末，

我和顿珠将受生为一家父子俩，

顿月受生为一国大施主，

勤施供奉终身把佛法皈依。

由于前生之缘分，

在座的诸臣民，

有的将受生为出家的虔诚佛僧，

---

①赞普位，相当于国王位。

②属牛之徒，指吐蕃时期的赞普朗达玛。他曾反佛灭佛，使佛教在西藏遭到了毁灭性的破坏。

③佛祖圣地，指释迦牟尼的出生地，现属尼泊尔境内。

有的将受生为福气的凡夫俗子，

各自从善去恶修行获功果神力。

大家听了活佛的预言，十分满意，更加钦佩供奉这位殊胜的高僧。

不久，活佛列白罗追和前王戈瓦白由千百个商人随行，回到了山间寺庙。

而顿珠顿月兄弟俩也分别在自己的国家按佛法教义治理国政。两个国家日益富强，使周围的邻国仰慕其显赫的威望。臣民百姓由于忠实地按照十善法规行善去恶，使得国内长年风调雨顺，五谷丰登，人人平安无恙，幸福美满。那蒸蒸日上的繁荣景象，真可与天界的“怛利奢天”[①]媲美。

①怛利奢天，指三十三天界之一。

智美更登

唵、嘛、呢、叭、咪、吽，

皈依殊胜的观音菩萨！

无数大劫[①]之初，有一个叫“碧达”的大国。这个国家非常富强，有“称心随意宝”等无数宝物，其中最为珍贵的宝贝叫“诸事如意宝”，它能满足人的一切愿望，因而被视为国宝。这个国家的最高统治者名叫扎巴白，他统治着周围六十个小国，拥有三千个大臣。虽然他宫内有五百个种姓高贵的妃子、五百个资财雄厚的妃子及五百个美貌出众的妃子，但这一千五百个妃子中，谁也没生下一个孩子。为此，国王忧心如焚，就请来了占卜师。占卜师认真占卦，细心卜算后，把得出的结果向国王禀报：“只要上供三宝、祭祀神鬼八部、施舍赤贫，最终定能得到一位菩提[②]勇识化身的王子”。

国王听后非常高兴，就按照占卜师的旨意皈依佛法，虔敬上供本尊三宝，设坛祭祀神鬼八部，又悲悯众生大量施舍赤贫。这样过了一段时间，在这一千五百个王妃中，有一个平时和国王比较亲近的，没有女性八缺陷并具有胜妙功德、温和善良的名叫根敦桑姆的妃子，在一天晚上做了一个祥瑞

①大劫，佛经《对法藏》所说，每八十小劫为一大劫，约为人间六亿七千一百九十二万年。

②菩提，意为觉悟。

的梦。第二天，她非常高兴地来到王宫，向国王说道：

扎巴白王听我言，
昨晚我做了一个梦，
梦见我全身血管——
集结起来的大中脉，①
变成了金刚杵型，
直从脑门顶上升。
金刚杵端插青天，
光芒四射金灿灿。
此时空中环虹现，
五彩缤纷色斑斓。
四面八方法螺鸣，
喜气热闹非一般。
如此美好之梦境，
乃是怀胎吉祥兆。
待等黄道吉日到，
定能分娩小宝宝。
您看此事妙不妙，
想来是梦亦堪真。

---

①大中脉，是按佛教心、口、意和八识，与中医学中的脉经混合而成的说法。非医学规则。

请您快快下命令，

设坛敬供把法事行。

国王听后高兴地对王妃答道：

根颠桑姆我的爱妻啊！

咱朝夕相处亲密无间，

果然结出美好之福果。

在你如藻井[①]的腹中，

逐渐形成大乐轮圆[②]之婴雏，

会降下金刚杵[③]光芒四射，

此乃未来主宰大地之君主，[④]

为赐福给我们而先示吉兆。

那空中的彩虹光环，

乃是佛祖化身的尊者降临之兆。

四面八方法螺齐鸣，

乃是威慑遍及十方之兆。

这下你使我称心如意了，

赐我继位之子要感谢加持的三宝。

---

①藻井，俗称天花板，板上的花纹似藻。

②大乐轮圆，即手指在虚空中划一圆相代为设坛。亦指转经盘。

③金刚杵，即法器。此指尚未诞生的王子，将来会象金刚杵一样坚固不摧。

④君主，此指未诞生的王子。

我听从你的指点，
请来五百位贤良的高僧老道，
让他们念诵佛典《大集经》，
虔敬礼供各方诸尊者老少。
请来五百个伏魔咒师，
他们手持金刚橛[①]高诵咒语，
把一切魔障邪气统统清扫，
祭神纳福禳解不祥之兆。

九个月后，根颠桑姆生下了王子。这位王子一落地，就凄然泪下，口诵六字大明咒："唵、嘛、呢、叭、咪、吽，愿一切众生能像慈母疼爱儿女一般发慈悲之心。"

国王及众大臣不但深感惊奇，而且非常敬重这位殊胜的王子，给他起名为"智美更登"，并把他安置在嘎唯桑岭宫（意译为"胜喜如意宫"），由宫内的侍臣们精心照料。王子到了五岁就开始学习术算，不久便学会了。他不仅领悟了佛教的经典，而且精通"五明"[②]之学。有一天，他对父王说：

面对生死无边海，
从此轮回不间断。
我自降生到人间，

①金刚橛，是咒师使用的法器。

②五明，即因明、声明、内明、医方明、工巧明这五门学问。

陷进深渊苦不堪。
眼前财宝多诱人，
以至心散志不坚。
呜呼！
苦哉，苦哉，三界苦，
不知如何得解脱？
贪欲好比熊熊火，
我则犹如蛾投火。
一旦投进这火坑，
自取灭亡难救拯。
世间俗事无终时，
结发婚配望忠贞，
惜只一时梦幻影，
自寻烦恼乱离分。
故乡异土不足恋，
好比游牧栖草原。
众生统属一父母，
哪有你我他之别！
贪吝惜财皆徒劳，
生不带来死不迁。
就如蜜蜂苦劳作，

酿下蜂蜜他人甜。
何苦自把罪孽担?
睁眼跳往三途渊。
善说谛言不净信,
失宜之人太可怜。
可怜哪!智美更登,
如今已被红尘惑。
为除积郁求父王,
您的财物多积赚,
能否允许我施舍?
因我对它无留恋。

父王听后,就对王子答道:

我心爱的儿啊,
——智美更登!
想当初,
曾为求子愁煞人,
到如今,
称心随意得到您,
一切都是为王儿,
你要施舍我答应。

从此,王子就把父王多年积累的财宝施舍给贫民,解除众生的疾苦。年复一年，王子不断地施苦济贫，这就使有些宫廷大臣不安了。于是，有一个名叫达热孜的侍臣跪到国王跟前报告道：

启禀国王陛下，
您多年苦心经营，
赚积起来的无数财宝，
却被王子施舍干净。
如果把国财全都用空，
你国王的政权怎能稳定？
最终亡国再后悔无用。
依小人之见快让他来成亲，
有点约束他会慢慢学谨慎。

侍臣的提议得到国王同意。大臣们经过商议，分头行事。他们了解到邻国白玛坚的国王达娃桑波有一位公主叫门达桑姆，于是决定迎娶。不久，邻国国王达娃桑波的那位虔信佛法、气量宽宏、施舍慷慨且似仙女一般美貌的公主——门达桑姆，带着满身珠宝装饰被迎到了碧达国。国王为王子举行了盛大的结婚典礼。婚后，门达桑姆公主对王子好比对殊胜的高僧一样敬重。

有一天，她亲切温柔地对王子说：

洁净无垢似诸佛，

尽善尽美功德深。[1]

诸事成就皆如意，

结缘成亲心至成。

王子听了公主这席话，仔细端详着公主说：

貌如天仙的公主啊！

婀娜多姿能歌又善舞。

你美丽善良多可爱啊，

与你成亲我亦心满足。

有缘结成终身之伴侣，

患难与共同享德和福。

他们夫妻相亲相爱，共同生活在胜喜如意宫中，每日虔敬佛法，行善积德。几年后，公主生下了三个儿女。长子名叫列丹，次子名叫列白，小女名叫列孜玛。每个孩子降生时，都照传统惯例举行盛大的"汤饼宴"。

有一日，王子在侍臣们的陪同下来到花园观赏花果。他走到花园门前，只见很多民众聚集在那里，眼睁睁地看着自己，就像被牵到宰场的羊群瞠目直视屠夫一样。王子不由得掉下眼泪，伤感地说道："祈求本尊观世音悲悯！"说完，他就长吁短叹地回到了宫内。从那之后，他就一直念诵六字

① "洁净无垢"和"尽善尽美"这两句，是王子名字的意译。"赤美"即"洁净无垢"意，"更登"即"尽善尽美"意。

大明咒：唵、嘛、呢、叭、咪、吽，饭也不吃，只是静坐在殿上。国王得知后，马上来到王子处，对他说道：

我心爱的儿啊，智美更登！
在这豪华的胜喜如意宫，
不尽情欢快地享富贵，
为何却如此忧伤悲痛呢？

王子答道：

尊敬的父王听我言，
目睹世间之惨景，
深感悲痛心不忍。
五官不全系报应，
生老病死苦不止，
我愿尽力来救拯。

父王马上说道：

世间民众之苦楚，
乃是前生之报应。
为此忧愁有何利？
还是自我多享用。
替老人过分伤忧，
多余之举不该问！

王子听了又对国王说：

眼见宫外众百姓，
赤贫穷困不忍睹。
如能施舍来救度，
方能解忧转快活。

父王马上答道：

一切指望在于你，
你是我的心肝儿。
有求必应依顺你，
你要施舍就去干！
愿能早日除忧愁，
转忧为喜开心颜。

说完，国王就把国库的钥匙交给了他，并说道："这国库内有大量的各种宝贝，随你布施吧！"

王子得到了国王的许可，就去打开国库，把所有的财宝都集中起来，然后通知四面八方的贫民，为他们洒下施苦济贫的甘露。他要求每个乞丐先念诵六字大明咒："唵，嘛、呢、叭、咪、吽"后，才予以施舍。为解除贫民们贫困苦，他施舍了不计其数的财宝，直到令他们满意为止。碧达国边界有一个叫奇玛兴仲的小国，该国的国王名叫墨赤赞普。他得知智美更登善于慷慨施舍，便起了贪心。他召集手下的侍臣，对他们说道：

我听说在碧达大国里，
有个叫智美更登的王子。
他施舍慷慨气量大，
能满足各方的乞讨者。
如有谁敢去讨来他们的
——“诸事如意宝”，
我就赏他半个国土权。

他的侍臣们一听这话，都想：“噢！这事太危险了。说不定取不回宝贝，反而丢了脑袋，实在有点犯不着。”因此谁也不敢响应承诺。过了一会儿，突然走出一个婆罗门，此人年岁很高，嘴里连像珍珠那么小的牙齿都没有一颗。他上前说道：“国王陛下，我去。你给我准备一点行装口粮吧！”就这样，他带了衣食上路了。

经过长途跋涉，这个婆罗门来到了碧达国。他一到王宫门前，就右手托着自己的下巴，泪汪汪地坐着，显出一种非常凄凉的神态。没多久，来了一位侍臣，他看到门前有位老人，就问他：“老大爷，您从哪里来？在这里坐着干什么？”老人答道：“我从边界奇玛兴仲小国来，乞求王子智美更登施舍一点食物。”那个侍臣听了以后马上回宫，向王子禀报了实情。王子听后便亲自到门口看望这位婆罗门，并向他说道：

你年迈体弱远道而来，

跋山涉水一路很辛苦。

你需求何物请快快讲，

我一定满足你的求助。

婆罗门听王子这么一讲，就马上起身，眼泪汪汪，高举起似干柴一般的双手，合掌向王子说道：

世间众生的救主啊！

我来自边缘小国奇玛兴仲，

我们国王墨赤赞普陛下，

他身患重病死去已三年，

以至俗民百姓陷于贫困中。

老汉我名叫婆罗门洛追，

妻儿老小的生活全靠我一人，

没吃没穿饥寒交迫实难忍。

白天小孩象饿鬼一样要吃喝，

晚上赤身露宿在房外星空下。

听说您是喜好施舍的救世主，

不分亲疏一视同仁的大恩人。

祈求您怜悯我这极度贫困者，

请施舍给我衣食财宝诸品种。

王子不说话，把婆罗门带到了国库前，将除诸事如意宝之外的大量的财物都施给了他，可是这位婆罗门并不满意。

他对王子说：

跋山涉水到这里，
所求财宝并不高，
求您满足我心愿，
赐予诸事如意宝。

王子答道：

诸事如意之宝贝，
不属施舍之物品。
它属国宝父不允，
我也无权来动用。
施舍他人之财宝，
必然招来人议论。
还是拿去这施品，
请您体谅我的心。

婆罗门听后非常生气地说道：

施舍慷慨多闻名，
久仰英名来此地，
不料“慷慨”竟是虚，
太可悲！
不施“诸事如意宝”，
所谓施舍把人欺，

自食其言悖誓愿，

太可悲！

我失望只有把家回，

不要你施舍一点宝贝。

说完，他把所有的施品全部扔下，生气地走了。王子见状马上追上去，对他解释说：

朋友且慢勿生气，

请以仁慈体谅我的心。

那诸事如意之宝贝，

本是海底琼宫白龙王，

敬献给无量光佛作供奉，

无量光佛将它赐予父王，

而父王并没有赐我作施品。

要知国政兴盛威德高，

是靠“诸事如意宝”；

招来达桑等贤臣三千个，

是靠“诸事如意宝”；

经济繁荣全民都幸福，

是靠“诸事如意宝”；

征服外患免遭敌侵害，

也靠“诸事如意宝”。

此乃人世三界难寻之宝贝，
也是三千世界殊胜之宝贝。
如今为了满足你欲望，
为了善法施行显佛谛，
我不顾生死之安危，
把它施给你婆罗门洛追。

说完，王子把婆罗门带回宫中，从国库里取出诸事如意宝，把它放进一个嵌有红宝石的盒内，再将盒子驮在一头象的背上，将牵象绳交给了婆罗门，并说道：

我把宝贝装进那红宝石盒内，
并已驮在象背上，
你快快赶着象上路！
要不父王知道了此事，
甭说拿这宝贝解你穷苦，
就连性命也难保安全，
所以千万勿耽误。
祈求本尊成就此大业，
祝你安抵家国顺和一路。

婆罗门达到了目的，就对王子答谢道：

三界众生之救护，

三时[①]善逝佛化身，

指明善法谛道者，

解脱三城[②]之怙主，

您是引渡轮回彼岸的大船，

解救六道众生的勇识之主，

借此向您——

英明的王子叩拜表礼数！

说完，他就向王子行礼告别，牵着大象走了。婆罗门走后，王子继续为他祈祷：

祈求十方诸佛来保佑！

为了免除众生受折磨，

布施激发菩提心慈和。

愿他一路平安无阻挡，

顺利到达边界沙洲国。

祈祷完，他就回到了宫中。

一个月后，大家方知国宝已被王子施舍出去了，举国上下痛惜万分。宫内的侍臣们纷纷议论，不知该怎么办才好。就在这时，奸臣达热孜跑到国王跟前说道：

禀报尊敬的国王，

①三时，即早晨、中午、黄昏。

②三城，在此指天、地、地下。

您的国宝不见啦。

已被王子舍给人，

不信您可去查看。

殊胜国宝被滥施，

胆大包天应惩罚。

国王听后说道：

殊胜诸事如意宝，

乃是佛祖赐予我，

他会任意施予人？

此话该信不该信。

待我仔细去查明，

再来做果断决定。

达热孜又说道：

那殊胜诸事如意宝，

我亲眼看他施敌人，

就是边界国家的婆罗门。

信不信此事则由您，

再不制止恶果会无穷。

说完，他生气地走了。

达热孜走后，国王久久不安，好像喝了毒酒中了毒似的全身麻木，脸色极为难看。第二天一早，国王再也忍不住，跑到王子的卧室。此时，王子正在向佛磕头祈祷。国王等他祈祷完后，就问道：

我的儿啊，智美更登！
有一要事来相问，
你要如实作禀陈。
佛祖赐我那奇宝，
光芒普照亿万城，
此乃王室传家宝，
是否你已施敌人？
快快与我说分明。

智美更登不敢作声，只是向父王一个劲儿地磕头行礼。父王接着又说道：

在这整个大地上，
从属于我的属国内，
数千个贤臣不为怪，
无数财宝又有啥稀奇！
称心随意等珍宝，
应有尽有都不在我眼里，
唯独诸事如意宝，
举世无双它独一。
难道你会不明理，

真的送到敌人手里？

国王步步紧逼追问，王子内心感到很惊慌，心想宝贝既已不在手，那就只好如实说了。于是他就对父王说道：

现在我如实禀报父王：
曾从边界来了一个婆罗门，
饥寒交迫实在不忍目睹。
他长途跋涉到此求解救，
我就把国宝施给了可怜人，
祈求父王多多来宽恕。

国王听了顿时昏倒在地，王后和众妃们闻讯赶来，个个哀叹哭泣不止。过了不久，国王慢慢苏醒了。他对王子说：

北暹罗洲的妙高国王，
国政、威力再强大，
也没如此殊胜宝；
南赡部洲的大明国王，
国盛资财再雄厚，
也没如此殊胜宝；
中部虽是珊瑚、帝青宝产地，
国王印扎博底再富强，
也没如此殊胜宝。
我这诸事如意宝啊，

外能御敌内能赐福运。

如此无与伦比之珍宝，

你竟擅自拿去施敌人，

从此国政全被你葬送！

王子听了这话，回答说：

施苦济贫行善业，

是我一生之大愿。

满足众生所要求，

不惜妻子与儿女，

甚至自己的生命，

望父也能离贪欲。

父王说：

昔日国政兴盛时，

全靠这殊胜之宝贝，

如今失去此珍宝，

定将导致国衰微。

你这冤敌小辈啊！

不与父母来商议，

擅自将它施给敌，

你说该当判何罪？

王子说：

父王息怒且听我一言，
我不是曾向您发过誓愿：
为救度众生的一切苦，
不惜生命及亲属眷。
就连诸事如意等宝贝，
均应作为施品解苦难，
这些难道父王都忘完？

父王答道：

我虽赞同你意愿，
象马牛群等财物，
金银铜器各种类，
均可施舍救人难。
但未同意舍生命，
以及诸事如意宝，
还有所谓亲属眷。

王子接着说：

敬爱的父王听我言，
蜜蜂辛勤酿下蜜，
自己不用让人甜。
即使拥有世界巨宝之大王，

当他经过中阴关[1]，
亦是两手空空无物件。
所以生前恋财有何用？
还望父王不必过于念财产。
你再为怜惜殊胜宝贝而暴怒，
终归已被王儿强舍完。

国王厉声责备王子说：

前世冤敌伪装成我儿，
窃取国宝施舍于他人，
犹如太阳落山大地一片黑，
从此国政也将一蹶而不振。
呜呼！哀哉！

王子理直气壮地说：

无我方能起悲心，
执我守财可怜人。
自觉利他发慧光，
共同照亮佛法程。

父王怒不可遏地骂道：

伪身[2]小辈啊，太可恶！

①中阴关，即阴阳世界的分界处。传说人死后都要经过此关。
②伪身，指前世的冤敌，伪装投胎为王子。

我精心抚育和疼爱，

竟会不识事理闯大祸，

葬送我国政福运断。

把这窃取国宝的大敌，

快替我带下去严加惩办！

这时马上进来了几个彪形大汉，遵从国王的吩咐把王子带下去，然后将其衣服脱光，双手反绑，脖上拴着绳子，拉到宫外示众去了。门达桑姆及三个儿女闻讯赶来，一边痛哭流涕，一边追赶着王子。门达桑姆满面泪水，心如刀绞，悲痛地抓着自己的头发，大声哀呼道：

啊嘛嘛！

多么悲痛难忍噢！

眼看丈夫活受地狱罪，

祈求苍天诸神来解救吧！

本尊怙主您在哪里呀，

为何不来公正做主呢？

“义成”[①]王子智美更登，

一心虔信佛法行善业，

愚昧王臣视他为敌，

做出如此违逆善道之事件。

①义成，是对王子的尊称。

父王惜财不顾亲骨肉，

竟这般将善心者屈冤。

难道不怜自己亲生儿？

即使今日他落敌人手，

想必不会受到这样的伤害。

诸神众鬼王宫人主啊，

一切具有威慑力量者，

祈求怜悯不幸的母子，

共同救助我们排除恶难。

我们终生不忘深感激，

定将以恩报德来酬谢。

啊嘛嘛！

王子受罪我怎么能忍心？

为何我不死在他前面？

她说着哭着，哀声不止，跟在王子后面一起被游街示众。游行队伍里，那些刽子手个个手持白藤箭，肩挎大牛角弓，高举着明晃晃的屠刀。那种威严的场面，恐怖的气氛，实在令人毛骨悚然。他们把王子智美更登围在中间，前拉后推，左拳右踢，每天白日在街上游行示众，晚上就将其关进一个地洞黑牢。门达桑姆目睹此状，实在悲痛至极。她捧着散乱的头发，像疯人一般捶胸呼喊，痛不欲生。这种凄凉景象，简直令人不忍目睹。门达桑姆满面泪水，带着凄厉的哭声说道：

慈善的智美更登啊！
怜悯众生之疾苦，
一心施舍除贫困。
善心未能得善报，
后遭这般大恶难，
真是福薄命太浅。

国王又召集诸大臣，对他们说：

不法王子擅拿国宝施敌人，
谁都难料竟会发生这事件。
如今应当如何来处置，
请你们商议提出意见。

大臣们听后，个个提出了自己的意见。有的说，王子犯法与庶民同罪，应当剥他的皮；有的说要砍断其手脚；有的说要掏出他的心肝；有的说要弗戈[①]；有的说要拉丝孔[②]；有的说要抽干他全身的血；有的说要将其剁成肉酱；有的说要割下头来挂在宫门示众；还有的说要把王子夫妻儿女统统活埋掉……大家众说纷纭，基本上一致赞成处死。但是国王听后有些不忍，他对大家说：

---

①弗戈，是贯穿人体肛门至顶门的利戈，属古代酷刑之一。

②拉丝孔，即把人放在金属拉模的丝口上拉制，是严惩罪犯的酷刑之一。

我儿虔诚佛法行善业，

他是菩提勇识之化身。

处死未免太过分了吧！

你们再度细细来思忖。

这时，虔信佛法的大臣达瓦桑布站出来说道：

诸位大臣听我言，

国王唯有这王子，

把他处死谁继位？

导致国王伤心死，

群龙无首起祸。

胡言乱语不堪听，

真想遁世离此地。

希望国王能说断，

不要流于此见识。

殊胜菩萨的化身，

乃属稀有之国粹，

哪有随便处死之理？

可怜智美更登他，

游街示众怨气积。

门达桑姆母子们，

每天痛哭陪王子。

俗民百姓皆伤心，
都要替他来赎罪。
悲痛惨景谁忍看？
祈求国王多思想，
死罪就让我担当。
让我补充说一句：
蒙藏两法难并行，
一马两鞍怎配上？
失宝罚罪太严厉，
无须加重该释放！

国王听了大臣的这席话，就命令他把王子带进来。达瓦桑布赶紧跑到宫外，解开绑在王子身上的绳子，然后给他穿上衣服，佩上装饰，请他进宫。就在王子随侍臣准备进宫的当儿，门达桑姆认为王子这次进宫一定会被处死，因此，她更加悲痛，号啕大哭，死抓住王子不放。在场的众人都无可奈何。达瓦桑布见此情景，内心有种说不出的感觉，他不由自主地掉下了眼泪，和她们一起痛哭了一场。稍后，他回到宫中向国王禀报道：

我为王子去松绑，
请他回到王宫时，
可怜王媳和儿女，

生怕此去会处死，

号啕大哭死不放。

见此悲伤之情景，

如有刀子扎心上，

请求国王多宽谅。

国王听完就说："那么干脆把王子夫妇及他们的儿女全部带到这里来。"这样，达瓦桑布再次出宫到牢房前，把智美更登王子夫妇及其儿女一起请到宫中。他们来到宫内，向国王磕头敬拜，跪在他的面前。国王说道：

伪投我儿的冤敌啊，

你把国宝施给敌人，

损我利令亲痛仇者快，

招来不可饶恕之祸灾。

为此罚你去哈相恶魔山，

十二年内不准回宫来。

现在你就离开此地吧！

王子马上回敬说：

不按佛法治国政，

乃是国王之过错。

把我交给卑劣者，

父王如此对待我，

全身关节被敲松，
铁钉直往肉体戳；
如捆野马紧绑我，
视同仇敌来折磨；
每天押我去示众，
赤身在地被拉拖；
犹如转经去游街，
好似赃物洞里塞。
严刑拷打不间断，
就像重要大罪犯。
今朝我受这番苦，
但愿众生能幸免。
虚幻之物不足恋，
遵从父命我告别。
敬祝父母康福寿，
俗民百姓佳运转。

说完，王子夫妻儿女就一起回到宫中。他们把剩余的财物全集中起来施舍了出去，然后准备离宫，前往哈相恶魔山。

王子被流放的消息传了出去。周围从属的六十个小国，每国都给王子送来了一枚金币；三千个大臣，每人都送给王子一枚银币；九万个俗民给王子送来了马和象等各种物品。

王子把这些送来的财物又全都施舍出去。一切准备完毕，王子将要启程了，他对门达桑姆说：

爱妻桑姆听我说，
我听从父王之命，
要去哈相恶魔山。
你们母子别远送，
先回故乡白玛坚。
保重身体育儿女，
等到十二年以后，
我回来与你们再团圆。

门达桑姆听了这话，马上向王子磕头祈求道：

离开圣贤之王子，
那能安住白玛坚？
孤独一人去哈相，
怎能放心不挂牵？
恩爱夫妻共休戚，
夫妇一块去赴难。

王子说：

爱妻不要如此讲，
回到舒适王宫中，
岳父岳母会助援，

儿子女儿会安慰，
宫廷臣仆会服侍，
丰盛食品能充饥，
精美甘露能解渴，
安居宫殿穿锦缎，
歌乐舞手来娱欢。
如去哈相恶魔山，
只有野果能充饥，
只有凉水来解渴，
树叶当衣草作垫，
天地旷野无人烟，
白天鸟禽常出没，
晚间群魔舞翩跹。
阴森恐怖难形容，
常年阴雨不间断，
此等生活哪能过，
劝你还是回宫苑！

门达桑姆听完，又向王子磕头祈求道：

无论如何把你求，
请你带我一起走。
如不答应这要求，

桑姆殉身已活够。

王子听了，赶紧劝阻说：

爱妻别跟我一起，
我行善业终如一。
只要有人来乞讨，
妻子儿女均愿给，
甚至生命也不惜。
别怪我的心冷酷，
那时你会成障碍，
还是趁早回家去。

门达桑姆说：

圣贤王子求求你，
求你带我一起行。
不会成为障碍物，
我想成全你心愿，
做个施品也甘心，
求你带上我们吧！

见妻子的态度如此坚决，又这样爱怜自己，王子只好答应带他们同行。做此决定以后，他们一起来到王后的宫殿，王子拜见王后根颠桑姆，与她告别，并对她说：

三时诸佛之母亲，

具有四无量[①]十波罗密[②]，
能使如愿成就的源泉，
恩慈的母亲听我言，
因将国宝赐敌之过失，
父王予我严厉之惩罚。
把我流放哈相恶魔山，
要我在那里呆十二年。
故望恩母贵体要保重，
等儿归来进见您尊颜。

王后听了伤心至极，顿时昏了过去。众人忙给她洒菊香甘露，使她苏醒。她一苏醒过来，就凄然泪下，紧紧抓住王子的手，边哭边说：

我的心肝宝贝儿啊！
你是我身上的一块肉。
如今你忍心离别我，
独自到那可怕的处所。
要等十二年才归来，

①四无量，即修大乘之人对向一切众生修行，引生无量福果之心：慈无量、悲无量、喜无量、舍无量。

②十波罗密，即超脱三界苦海，次第证得十地果位之道：布施、持戒、忍辱、精进、禅定、智慧、方便、愿、力、智。

那时老母早已入土。

失去命根我依靠谁？

临死又有谁来送终？

呜呼！哀哉！

父王究竟有何用意？

想当初，

求子心切常愁苦，

上供三佛求加持，

下施行善积福德，

皈依三宝结福果，

求得如此殊胜儿，

世间众人都倾慕。

到如今，

却又把他来流放，

早知落到此地步，

何必当初求王子？

得来不易殊胜儿，

为何将他随意抛？

难道父王中邪神？

王子接着说道：

恩母别哭莫伤心，

众生轮回从不断，
生死离别乃常情，
望母怜恤要想宽。
骨肉深情难忘却，
终能澄清不白冤。
乌云散去太阳出，
阳光明媚见青天。
今世如不能重逢，
来世定在佛土见。

王后流着伤心泪，久久拉着儿子的手。过了许久，她忽然意识到，自己如此伤心流泪，对远行的儿子是不吉利的。于是她擦干眼泪，向十方诸佛磕头祈祷道：

祈求十方佛祖及弟子，
菩提勇识及阿罗汉，
德势力佛护法四天王，
空行神母都来保安全。
我儿远行征途中，
保佑顺利走向前。
路经高山江河时，
顺利通行无阻难。
居住哈相魔山时，

能像胜喜宫一般。
所食野果变家肴，
所饮凉水变牛奶。
遮体树叶和草垫，
皆能变成软锦缎。
深山峡谷溪流声，
变为念经[1]诵真言。
凶猛野兽咆哮声，
变为诵经朗朗声。
深山林中闷热时，
能降仙女搭凉棚。
独居寂静深山时，
能有诸佛来抚问。
一旦身心违和时，
及时能得良药剂。
凡到任何一地方，
均保安康无恙身。
排除逆缘经磨炼，
诸事圆满能凯旋。

①经，此指《大乘宝性论经》。

祝愿实现儿誓愿，

早日能与儿相见。

辞别了母亲，王子夫妇与儿女们就正式启程了。王子单独坐一辆有一匹马驾辕、一匹马拉套的马车，门达桑姆和儿女四人另坐一辆马车，另有三头大象驮着各种食物用品，一起向哈相恶魔山的方向走去。以母后根颠桑姆为首的一千五百个王妃，以桑布司坚为首的隶属六十个小国的代表，以达瓦桑布为首的三千个大臣和以班丹为首的所有俗民百姓，都怀着依依惜别之情，送了他们很长一段路。走着走着，不觉来到了一个山脚下，王子对前来送行的人们说：

恩慈的母后和王妃们，

诸位大臣以及众民们，

凭借长年相处情，

依依不舍来送行，

我为此深深受感动。

人之常情有离合，

事物本无不变理，

如此一想便通顺。

你们请别再远送，

快快留步返家门。

望能回去皈佛法，

切记死殁无常稳。

由此虔诚信三宝，

祈求加持敬本尊。

护法神母来保佑，

也许彼此能重逢。

如若今世无缘分，

但愿来世能再见。

听了这话，送行的人们无不伤悲，都纷纷向王子磕头敬礼告别。这时，王后根颠桑姆又上前拉着王子的手说道：

我的心肝宝贝儿，

是我前身之业缘。

如今你遭此恶难，

就像掏了我心肝，

使我悲痛又愤懑。

从此我便无寄托，

陷入一片漆黑夜。

国王中了奸臣计，

丧失理智不应该。

做出如此错决定，

亲者痛来仇者快。

如今无法来挽回，

只能嘱咐我心愿：
初夏空中雷鸣时，
我将呼你三声名，
你也同样回三声；
严冬狂风呼啸时，
我将呼你三声名，
你也同样回三声；
初春杜鹃歌唱时，
我将呼你三声名，
你也同样回三声。
祈求三宝怜悯你，
一路顺风少遭难，
早日归来报平安。
如若今世无缘会，
来世菩提道上见。

母后说完，王子夫妻及儿女告别了所有前来送行的人们，上路了。他们翻过一座山后，径直前行。这时迎面来了三个非常穷困的人向王子乞讨。王子很乐意施舍，指着自己的大象对他们说：

此象背物有力气，
出自富饶之宝地，

途中离它虽不行，

但是我愿赐你们。

说着他就把两头大象都施舍给了他们，自己带着妻儿又上路了。约走了一个逾缮那的路程，在一个叫嘎林吉达的地方，他们又遇上了五个乞丐。王子又把所有的马匹和车辆赐给了他们，并说道：

骏马奔驰如疾风，

莲花串饰车轿美，

热诚施舍给你们，

愿它神通力无比。

王子把象、马匹和车辆都施舍出去之后，自己只剩下一些食物用品了。他把这些东西分成两包，和妻子各背一包，然后牵着儿女继续上路。

走了很多路以后，他们来到了一个地方。这里高山雄伟，流泉清澈，山间草地绿茵茵，草丛中盛开着各种各样的花朵。这些花朵千姿百态，奇香无比。周围树上结满了累累果实，风景优美，简直胜似仙界。他们停了下来，在一棵多罗树[①]下休息。门达桑姆看到近处有泉水流过，就跑到水边喝起了泉水。喝完水后她抬头环顾左右，发现这深山林间静

①多罗树，即贝叶树，属棕榈科，古代南亚国家多用其叶书写佛经等。

悄悄的，除了水边有几个可爱的小兽崽儿在玩耍外，荒无人烟。她不由得从内心升起一种寂寞忧伤之感，说道：

鸣呼！
四面八方多静谧，
极目眺望无人迹。
眼看动物在嬉戏，
更加使我心忧凄。
没料会遇此厄运，
定是宿债之报应！

门达桑姆的伤感之言，被在树下休息的王子听到了。他想：“可能是妻子来到这荒无人烟的深山老林后，感到寂寞忧伤了。但眼下的行程刚刚开始，会遇到更艰苦的环境，凶猛的野兽会不时地威胁我们的生命。看来还是规劝她，让她趁早回去还来得及。”想到这里，他起身上前对门达桑姆说：

爱妻桑姆听我说，
此去行程还很远，
高山流水路坎坷，
遍地野兽太危险，
想你一定难忍受，
还是趁早回家转！

门达桑姆听了这话，马上向王子磕头求情说：

王子啊！

刚才的话儿不足信，

只是一时哀叹语。

事到如今哪能离，

有难同当决不避。

跟你到底不动摇，

咱们还是上路去！

就这样，他们又上路了。又翻过一座山，来到了一个寂静的山岭。在路旁休息时，门达桑姆又悲伤起来。她怕王子听见，就在后面低声自言自语道：

多么寂静的深山峡谷，

唯有鸟鸣和蚊虫飞舞，

不闻不见人的声息影动，

寂静热闹真是天地殊。

此刻王子流放在途中，

国政的兴衰不知将如何？

不一会儿，王子就动身上路了，妻子儿女们也只好跟着他走。走了很久，他们来到一个山坡的草坝上。门达桑姆对王子说道：

你看哪！

此处梵林环围绕，

草丛百花散芳馨，
山间溪水潺潺流，
杜鹃歌声多动听，
树上结着累累果，
花鹿羚羊喜相迎，
悠闲自得在玩耍，
漫步草坝多欢欣，
山清水秀风景好，
咱就在此安家庭？！

王子听了妻子的话，回答说：“不行啊！不从王命是造孽，还是前往哈相恶魔山。”说完，毫不恋惜地带着他们继续赶路。走了很长一段路后，三个小孩的脚都起了泡，红肿疼痛，实在无法行走，只好就地休息。王子很着急，怎么办呢？他祈祷道：

祈本尊佛祖空行神母，
求护法诸神地祇请听，
我一心走向那恶魔山，
可幼儿的脚伤无法行，
祈求怜悯大发慈悲心，
能否缩短去魔山的路程？

他祈祷完毕，就和妻儿们就地夜宿，躺下睡觉了。第二天一早起来，他们发现由于本尊的加持，到哈相恶魔山的路程减少了一半。王子很高兴，便背起小孩继续赶路。不久，眼前出现了一条河流，那河边有个天然林园，园内有个美丽的莲喷池。门达桑姆看到这样美丽的景色，一时十分欣喜，就对着池中的喷泉说道：

亭亭玉立池中莲，
朵朵含苞欲开放。
和风吹拂荡微波，
婀娜多姿花芬芳。

她在池边站了很久，饱览大自然的美景。接着，他们又继续前进了。不久，他们来到了一个叫桑林白吉威的地方，在这里遇见了三个衣着破烂的婆罗门。他们见到王子，马上过来向王子磕头敬礼，并乞求施舍。王子对他们说道：“见到你们很高兴，但我一贫如洗，实在没东西可施舍。”

三个婆罗门说：“那就请你把三个儿女施舍给我们吧！”

王子马上答道：“孩子幼小不管用，再说儿离慈母会伤了他们的心。”

婆罗门又说：“请你不要担心，我们不会害他们，仅想用来当侍者。”

王子心想：“自己早就发过誓愿，凡乞讨者有求必应。如果现在不把孩子施给他们，那就违背了自己的誓愿；如果把孩子施给他们，又怕妻子舍不得。怎么办呢？我得想个办法才好啊！”想到此，他招呼妻子道：“爱妻桑姆，你快去寻采一些野果来招待客人吧！”门达桑姆听了王子的话，马上便去寻觅野果，但附近的野果早已采完，她只好跑到很远的地方去采摘。

就在门达桑姆去寻觅野果的当儿，王子把三个儿女叫到跟前，对他们说：

列丹、列白、列孜玛，
父与子女心连心。
不是厌弃你们仨，
悲欢离合是世情。
你们不要恋父母，
安心跟着婆罗门。

就在婆罗门带着三个小孩准备走的时候，老大列丹对婆罗门说道：“让我们三兄妹，向恩父磕头告别吧！”于是三人跪到父亲跟前，老大列丹先说：“为成全父王行善大业，我们听从您的决定。可是在这告别的最后时刻，却未能见到慈母的尊容，感到很伤心。”接着，老二列白说：“父王既然把我们施舍给他人，我们不得不随他人去，但在临别之时，未能见慈母一面，内心感到很忧伤。不知我们还能否与父母见面？”最后小女列孜玛说：“父亲忍心把我们施舍给贱种婆罗门当佣人，我真舍不得我亲爱的母亲。这一走，我们什么时候再能与父母团圆呢？”王子听了三个小孩的话，心一酸，泪水夺眶而出，马上安慰他们说：

我的心肝三宝贝，
父子离别怎能心不酸！
要知怜悯施舍是善业；
所以不要悲伤泪擦干。
鼓起勇气跟着他们走。
祈求本尊三宝来保佑，
让我儿女平安又康健，
夫妻儿女早日能团圆。

三兄妹告别了父亲，被婆罗门带走了。他们走远之后，门达桑姆才回来。她发现三个儿女和婆罗门都不在了，便知道王子一定是把三个可爱的孩子施舍给了婆罗门，她极度悲伤，腿一软就跌倒在地上。她放声痛哭，并哀声说道：

我的三个宝贝儿，
就像太阳多可爱。
突如其来的婆罗门，
犹如乌云把阳光遮，
降下冰雹把庄稼害，
竟把我亲生母子来拆开。
本尊佛母啊！

为何全在我们头上降祸灾?

可恶的婆罗门啊!

又把我的心头肉活活割夺!

说着哭着，她伤心地昏了过去。王子马上拿来一点凉水，泼在桑姆的头上，然后轻轻抚摸她的胸口，使她慢慢地苏醒过来。等她苏醒后，王子对她说:

爱妻桑姆听我言，

早在宫中就有约在先。

我一心行善救众生，

关键时刻就连妻儿也舍得，

献出我生命也心甘。

你曾表示愿意顺从我，

不做慷慨施舍的大障碍，

助我共积福德、智慧二资粮，

如今你怎么变诺言?

要知长途跋涉到偏僻地，

你就是我亲密的侣伴，

你如此悲伤使我心不安!

说着，王子也哭了起来。这时桑姆慢慢地平静下来，她起身为王子擦干脸上的泪水，安慰他说:

亲爱的王子听我言，

只因母子分别未见面，
为此遗憾伤心而落泪，
不是有意毁约变诺言。
婆罗门把兄妹分别带回去，
他们的形象老在我眼前，
伤感之情怎么忍得住？
请放心，不管如何之伤悲，
我决不违背你心愿。
为完成你的善业唯命是从，
从今以后，我一心侍奉你到恶魔山。
我俩起身继续赶路吧！

于是他们起身赶路了。当他们来到一片树上结满了丰硕野果的深山密林时，门达桑姆从树上摘下一些野果给王子解渴。王子吃了一口，觉得很可口、甘甜，于是手捧着三个野果寄托自己思念儿女之情。他说道：

百味美好新鲜果，
清香可口甜津津。
儿女如能尝一口，
不知该有多高兴！
可怜骨肉已分离，
不知如今在哪里？

在一旁的桑姆听了这话，一阵伤心，不由得掉下了眼泪。王子看到桑姆掉泪，意识到自己的话伤了她的心，于是马上改口说道：

我心绪紊乱起杂念，
一时神情不定胡乱言。
这清香美味的野果啊，
请我爱妻桑姆尝新鲜。

他把果子递给了桑姆。他们吃了野果解了渴，便上路了。走着走着，忽然出现了一条奔腾流急的大河，河面又宽水又深，实在无法渡过。王子很着急，赶紧在河边祈祷道：

本尊诸佛空行母，
乡神地祇护法之主，
若此江河过不去，
执行父命被挡住。
菩提正果成泡影，
祈求为我让条路。

没过多久，只见奔腾的江河上游回流旋转，不再往下淌，正好在河水中间让出了一条道，王子夫妇赶紧走到对岸。到了对岸，河流仍没有恢复原状。王子心想，如果长此以往，河流可能干涸，这对两岸的庄稼牲畜大为不利，应当让它恢复原状，畅流无阻。想到这里，他又祈求佛神让河流恢复原状。祈祷完毕，河流便和过去一样畅流无阻。于是王子夫妇放心地走了。不久，他们来到了一处狭小的山谷。这时，帝释和大梵王为考察王子智美更登的施舍是诚心实意还是虚伪假作，故意化身为两位婆罗门，来到王子跟前，乞求施舍。王子感到很突然，心想，在这样偏僻的峡谷，怎么会有人？莫不是什么神鬼变现的？他心生疑惑，问道："你们二位从何方来？我一身清贫，已毫无东西可施舍给你们。"

二位婆罗门说："我们从帕瓦地方来，无亲无伴很孤独，能否把你的妻子施给我们来做伴侣？"

王子听后，感到很为难。他想，"如果不给他们，那就前功尽弃，给他们呢，似乎有点愧对门达桑姆。她与自己同甘共苦，跟着走了那么远的路程，到如今夫妻分离，她一定会很痛苦。怎么办呢？"他左思右想，反复斗争了好久，最后下定决心，忍痛割舍。决心既下，他就对门达桑姆说道：

爱妻桑姆听我言，
前世积下无数德，
暇满难得今受生。
佛法根本在行善，
为了成道得正果，
不惜一切和生命。
我虽难于舍弃你，

但有誓约不能违，

否则善果难就成。

劝你也结福德缘，

满足他们之要求，

从此你去伴他们。

望你一视并同仁，

服侍他们要尽心。

王子说完，就面对两位婆罗门，正式答应把自己的妻子施舍给他们。这时，门达桑姆过来对王子说："你如果把我施舍给婆罗门，那就没有人来服侍你了。还是请求你不要答应他们吧！"王子听了，又对桑姆说道：

桑姆你千万不要如此说，

我早已发誓行善积福德。

你万万不能阻碍我善举，

助我成就菩提二资量之善业。

你尽心服侍两位婆罗门，

此乃是对我最大之敬奉。

于是，门达桑姆只好含着眼泪答应了。王子转身对婆罗门说：

我终身的伴侣门达桑姆，

乃是种姓高贵的一国之公主。

她心细手巧善烹调，
如今要给你们来服务。

二位婆罗门就这样领着门达桑姆离开了王子。可是没走几步，他们又回过身来把门达桑姆交还给了王子，并说道：

不空成就得暇满，
实在可敬又可佩。
毫不怜惜来施舍，
难得一片真心意。
借此略表微薄心，
诚向王子敬个礼！

接着，两位婆罗门向王子详细地解释了他们的来意。他们说："我们主要是前来考察一下你虔信佛法、仁慈施舍的诚心如何，并不是来索取你妻子的，我们也不会把你妻子带走。"说完，他们眼前的偏僻峡谷一下子变成了富饶美丽的牧场，而其中各种丰富的乳食品都被奉献给王子夫妇。这时帝释对王子说道：

殊胜的圣主啊，虔诚的王子，
你牺牲这人世的欢欣，
为积德完成未来的大业，
而二障清净将普度众生，
犹如世间明灯难能又可贵，

特向利济大众的善士致敬！

说完，他们就走了。王子夫妇也离开此地，继续前行。走了一段路后，当他们回头一看，刚才美丽富饶的牧场全都无影无踪，一切又已如故。王子夫妇往前走着走着，又遇到一个身穿洁白衣服的幼童。这个幼童手持白晶念珠，前来对王子说道："王子啊，您再行走一逾缮那远的路，会有大梵天王来供养您。"幼童说完，一刹那间便无踪影。王子夫妇走了一逾缮那远的路程，果然在一条滔滔大河之岸，看到一座大梵天王变现的金碧辉煌的亭台楼阁。王子夫妇在这里受到了大梵天王的热情款待。七天后，王子夫妇将要启程，临走时，那天王化身的幼童又出现了。他对王子说道："尊敬的王子啊，您就在此地住下吧！榻舍用品一切均由我们敬供，男女侍者精心服侍，保你舒适又满意，国王的惩罚到此算了结。再往前走，就是哈相恶魔山，那里猛兽鬼神泛滥，会让你胆战心惊难忍受。兀山黑岩，道路险恶实在难行走，所以劝您还是留下吧！"

王子听后答道：

有缘受生在人世，
享有财富无穷尽。
如若贪恋此财富，
仁慈施舍皆为空，
有志善业亦断送。

若是轻视父旨意，
失信罪孽更加重，
所以还是上路程。

说完，王子夫妇就走了。走不多远，当他们回头看时，那豪华富丽似仙境的玉琼楼阁又不见了，一切恢复了原状。这时王子感慨万分地说："我诚心虔信三宝，没想到今世也有报果。"说着，他心满意足地又往前走了。

不久，他们进入了原始森林。稠密的树木把整个苍天都遮住了，显得十分阴暗。一进去，就无法找到出路。正当他们左右环顾，寻找出路时，突然出现了一个头顶梳着发髻，眉毛胡髭金黄色，手持小鼓的游方僧。他对王子说道：

你们两个太大胆，
竟敢跑到这里来！
你们名字叫什么？
从何而来去何边？
离此五个逾缮那，
就到哈相恶魔山。
满目黑岩和峭崖，
山道崎岖行太难。
遍地毒树和毒花，
不能随便去碰拔。

黑湖之中波涛涌，
狂呼怒啸惊魂魄。
毒蛇放出剧毒气，
就像乌云布空中。
牛鬼蛇神常出没，
日夜聚集齐杀生。
凶猛野兽不计数，
一闻人味便出动，
争先恐后扑上来，
碎尸万段大口吞。
那里阴险又恐怖，
实在难以全说尽，
只要见到这情景，
马上真要吓死人。

听他说到这里，王子马上说道：“我是王子智美更登，来自碧达国，要去哈相恶魔山。”游僧一听是智美更登，若有所思地说：“噢，是智美更登王子啊！久仰、久仰。你仁慈行善，连国宝也施给他人。如今能在这里见到你，真是我的福分啊！现在你就顺着这个道，直接往前走，约走一逾缮那远，有条纳嘎热河，你就顺那条河的右边，朝山间的羊肠小道走去就行了。但愿下世再与你相见。”说完，那游方僧便无影无踪了。王子夫妇按照游僧所指的方向慢慢往前走，到了河边，又顺右边走到了一个山林。此时一群群妖魔鬼怪在大白天已开始蠢蠢欲动，凶猛的野兽在怒吼，还能远远听到黑湖狂涛呼啸的声音。门达桑姆胆战心惊地说道：

啊嘛嘛！
如此情景太可怕！
妖魔鬼怪一群群，
凶神恶煞发怪声，
莫非到了地狱中？
张牙舞爪怪禽兽，
黑湖怒吼更吓人。
如此前行命难保，
生之末日已降临。
祈求啊本尊三宝，
怜悯我们夫妇吧！

王子听到桑姆的话，知道桑姆心中恐惧，于是马上祈祷说：

妖魔鬼怪和群兽，
都请静心听仔细，
我曾发誓为施舍，
舍身丧命全不惜。
但为解除桑姆苦，

劝尔暂收恶暴行，
各自回归平静地，
以便彼此得安宁。

王子话音刚落，那些妖魔鬼怪果然都平静下来，各自回到自己的住处。那一群群凶猛野兽，也一下子变得很温顺，就像家里养的小狗一样，摇头摆尾地围上前来，表示欢迎王子夫妇。还有一群群小鸟，叽叽喳喳盘旋在王子夫妇的头顶，亦表示欢迎。就这样，他们两个终于通过了险关，来到哈相恶魔山。只见恶魔山的山沟最里边，耸立着一座很大的雪山，整座山上白雪皑皑。山沟外面的山坡上灌木丛生，满目青翠，山沟中间是一泓溪流，山沟里面却很荒凉。自从王子来到这里，原来那些光秃的山岭都长满了树木，干枯的果树重新发芽、开花、结果，而早已涸死的泉源也流出了清水，一切都恢复了生机。恶魔山里的罗刹、地神、夜叉、饿鬼等以及豺狼虎豹，还有野生的象、马、牛、羊等动物，在王子夫妇面前都变得规规矩矩、温和顺从。在这魔山的南麓，有一处非常清静的地方：太阳早出晚归，风和日暖，满山长着花草树木，还有各种各样的野果，林间莺啼燕啭，景色宜人。他们就在那里搭起了一个小小的茅房，住了下来。王子成天在茅屋里诵经念佛，净身修心。桑姆则每天去周围寻觅采摘野果，敬供王子。他们就这样在此地生活了十个年头。有一天，门达桑姆对王子说道：

虔诚智慧的王子啊！
我们好容易熬过了十年，
回去的路途也很长，
如果快行也要一年半载。
你看是否现在就动身，
慢慢步行回家转？

王子听后，马上答道：

桑姆听我慢慢说，
幽静深山是佛赐，
难得这等好环境，
修心念佛静禅定[①]，
人世烦恼都消除。
我看不用回王宫，
就在这里好修行。

就这样，他们继续生活在山里。有一天，门达桑姆去林中寻找野果，遇到了一只翠绿色羽毛的鹦鹉，她非常高兴地对鹦鹉说道：

能操人语鸟中王，
鲜红嘴唇翠绿羽。
如此美丽多可爱，

---

①禅定，即静坐凝神专注观境的修心方式。

无限喜悦遇上你。
我们到这恶魔山，
全靠野果来充饥。
今又出门寻野果，
帮忙是否你愿意？
哪里野果最为多，
请你鸟瞰告诉我。

鹦鹉听了，马上飞向高处，在空中盘旋了三圈后，飞下来对桑姆说道：

年轻美丽如仙女，
丰满身躯如花朵。
眼如秋水脸浑圆，
一丝微笑荡水波。
如此美貌惹人爱，
不觉倾心看呆我。
来吧，天仙！
让我帮你寻野果。

于是，鹦鹉在前面慢慢地飞，桑姆在后面紧紧跟随。一人一鸟越过了一个山坡，来到了一个风景优美的地方，只见地上花草盛开，争相竞秀，林中树上都结满了果实。鹦鹉飞落在一棵树上，把果实一颗颗地叼下来扔在地上，桑姆就在树下一颗颗地捡。很快桑姆就捡到了很多鲜果，心里很高兴。她对鹦鹉说道：

神通灵巧的鸟儿啊，
你美丽善良乐于助人。
帮我采了多少果，
我从内心感谢您。
现在我要回房去，
和你告别记深情。
再见吧！
可爱美丽的鸟精灵。

鹦鹉从树上飞下来，送了桑姆一程，最后说道：

看你定是良家女，
性情温柔又和顺，
姿态娉婷美如仙，
祝你顺利享安宁。
借此和你结友谊，
愿能再次见到你。

桑姆再次感谢并告别鹦鹉。回去路上，她看到一泓溪流蜿蜒向前流去，像是要经过碧达国。她猜想：会不会我的三个儿女就在溪水的下游生活着呢？这样想着，不觉已走到水边，于是她就对着流水寄托自己的思念之情。她说：

一泻千里的清泉哪！
凌空飞下洒珍珠。
清凉甘甜解我渴，
匆匆奔流去远处。
清泉清泉停一停，
请你帮我捎个信。
捎给远方亲骨肉，
不知如今安康否？
自从离别到如今，
父母无时不惦念。
忍受思念之痛苦，
苦苦熬过十二年。
祈求佛祖来保佑，
使他三人安康健。
但愿父母和儿女，
能够早日得团圆。

此时，三个儿女刚好到泉边打水，隐隐听到母亲的寄语，不由得悲喜交集，放声痛哭。他们对着流水不断地呼喊着：“爸爸、妈妈！”小妹列孜玛因思念父母，跑到高山之巅，独自遥视天边。这时，空中有三只格勒频嘎鸟在鸣啼飞翔。她想，也许三只鸟儿会飞到恶魔山，我要请它们带个信。她就对着空中盘旋的鸟儿说道：

鸟儿你的啾啾声，
更激起我念母心。
如能飞到恶魔山，
求你帮我捎个信。
不知父母安康否？
我们日夜想双亲。
请让他们勿挂念，
我们三个安康健。
只是念母心急切，
食不甘味寝不安。
亲爱的父母亲啊！
可怜可怜我们吧！
快快前来接我们，
但愿一家早团圆！

三只鸟儿听完列孜玛的话，飞到恶魔山，把列孜玛的话传给了她的父母亲。王子夫妇听了儿女们从远方捎来的话，伤心地痛哭了一场。他们的泪水流啊流，渐渐积成了一个湖，湖中升起了一枝莲花茎，茎上开出了一千朵莲花。不一会儿，这一千朵莲花变成了一千个菩萨。他们高兴地虔信、供奉这一千个菩萨。门达桑姆因思念儿女的心情实在迫切，就哭着再次向王子磕头请求道：

智慧的王子听我言，
我俩已熬过十二年，
如果回去要走一年多，
原定期限早超过。
我再次向你来请求，
请你不要拒绝我。
亲生骨肉在等待，
我们该去接他们。
远离故乡这么久，
也在想念父老兄。
我们赶快准备吧！
启程慢慢往回走。

王子非常理解桑姆的心情，马上答道："桑姆不要再伤悲，收拾行李，我们回去吧！"

等一切准备完毕将要出发的时候，香神地祗、凶魔恶鬼以及飞禽鸟兽，都过来凄声泪下，要求王子不要离开它们。王子悲心升起，举起右手表示救护并说：

飞禽走兽众鬼神，
人世三界诸众生，
六道轮回本无常，

切记佛法要虔信。
要似兄妹一般好，
不要随意伤害人。
仁慈博爱情意切，
同舟共济互相亲。
我们将要归故乡，
但愿下世再相逢。

说完，王子夫妇便启程。飞禽鸟兽们一直将他们护送了很远的路程，才依依不舍地回去。走了很久，他们来到一个叫“唯堆龙吉乃”的地方，遇到一个双目失明的婆罗门前来乞求施舍。王子对他说：“遇到你，我很高兴，可我现在没有任何东西能施舍给你。”这位婆罗门说：“那就把你的两个眼睛施给我。”

王子听后欣然答应。他马上盘腿而坐，取出小刀，然后对妻子门达桑姆说：

初劫至今多少年，
我已轮回五百次。
从未成就大善业，
难得今日遇良机。
圆满功德在今朝，
请你不要来恋惜。

说完，他就右手举起快刀，左手翻开一只眼睛的眼皮，一刀刺进了眼眶，顿时鲜血喷得他全身上下都是，惨不忍睹。门达桑姆拉着王子的手，号啕大哭。王子对她说：

桑姆不要太伤悲，
痛哭流涕是枉然，
不是真正在爱我，
你勿阻碍我行善。

说着，他再次把小刀刺进了另一只眼眶，把两个眼珠取下后，立刻塞进婆罗门的眼眶，对婆罗门说道：

一双眼珠难取下，
满足欲望施予你。
望你从此见光明，
看清三域辨是非。
祈佛降恩赐予我，
一双永存之慧眼。
就像明灯光闪闪，
照亮我心看更远。

说完，他忍痛静坐原地。

那位婆罗门得到了王子的眼珠后，重见了光明。他非常感激地向王子磕头说道：

尊敬的王子感谢您，

您舍己利人来布施。

大慈大悲度众生，

解除我的失明苦。

您如明灯照暗世，

三千世界亦胜殊。

殊胜恩慈的王子啊！

真诚向您致敬意。

说完，他回碧达国去了。婆罗门一回到家，王子施舍眼珠使他重见光明的消息就传开了。这消息几乎轰动了全城。俗民百姓都纷纷前来看他，并问长问短。婆罗门也逢人就讲："我这双眼睛非一般，乃是王子智美更登施给的。"一传十，十传百，消息很快就传到了国王和大臣们的耳里。他们听到这消息后非常惊奇，都为王子舍身施他的举动而感动、钦佩。于是国王马上派大臣达瓦桑布带着随行诸人去迎接王子进宫。

再说王子挖眼施舍时，门达桑姆看到王子再一次举刀挖出另一只眼珠，她顿时昏了过去，很久之后才慢慢地苏醒过来。她醒来只见被鲜血染红了全身的王子静坐在血泊中，忍不住放声痛哭，拉着王子的手说道：

曾在哈相恶魔山，

忍痛度过十二年。

死里逃生把家还，

不幸又遭此恶难。

啊嘛嘛！

我的命运真苦啊！

王子说道：

我的爱妻桑姆啊！

切莫忧伤听我言，

初劫轮回到如今，

不知虚度多少年！

至今方得此良机，

得以圆满大善业。

我们应当虔信佛，

行善布施积福德。

说完，他起身让桑姆牵着，两人慢慢地往前走。走了很久，他们来到了一个叫“堆巴哈热”的地方，国王派来迎接他们的大臣及随行诸人与他二人相遇。他们见到王子，纷纷上前向他磕头敬礼。达瓦桑布大臣拜在王子的跟前说道：

智慧的尊者啊，

殊胜的王子！

您历尽千辛万苦，

净身修心行善业，

实在可敬更可佩，

祈求臣民得解脱。
我等奉命迎接您，
请您夫妇快回国。

说完，他忍不住流下了热泪。他看着王子的惨景，再三磕头敬拜。王子伸出手来，放在达瓦桑布的头上，然后说道：

达瓦桑布和随臣，
你们一路辛苦了。
看我死里得逃生，
又和你们见面了。
如今国政怎么样？
父王母后健康否？

门达桑姆和达瓦桑布两人一起扶着王子上路。走了一段路后，他们停在路旁休息。王子祈祷道：

祈求十方善逝诸佛赐怜悯，
为解除桑姆的忧愁和悲痛。
实现达瓦桑布诸大臣愿望，
让我双眼重新恢复功能吧！

不一会儿，王子的双眼果然复明了，而且比过去更明亮。他们往前走了很久，来到了奇玛兴仲国。那奇玛兴仲国的君主墨赤赞普，得知王子夫妇要路经这里，很早就恭敬地等候在路边，迎接他们的到来。他们一到达，墨赤赞普就把王子夫妇和随行众人请到宫内，热情地款待王子一行。他还把过去从王子处骗取的诸事如意宝及其他各种珍贵的宝物统统归还了王子，并负疚地说道：“王子长期遭受非人的折磨，全是我的过错，请求王子宽恕。我愿把国政和俗民，全都献给王子。祈求王子把我从人世烦恼中解救出来。”说完，他向王子磕头敬拜。王子接受了他诚恳的请求，答应救度他，并带回诸事如意宝。这样一来，原来水火不相容的敌国示好，而且自然归顺了。王子夫妇告别了墨赤赞普及其臣民，又向前赶路。

走了没多久，他们遇上曾要去他们三个儿女的婆罗门。婆罗门带着王子的三个儿女，向王子迎面走来并磕头敬礼，说：

仁慈殊胜的王子夫妇俩，
你们施予我们的三兄妹，
给予我们的帮助实在大，
特此送还敬表深深谢意！

说完，他们就把三兄妹交给了王子夫妇。王子心想，就这样收回三个孩子，恐怕有些不妥当。于是他对婆罗门说：“既然我已把孩子施给你们了，就不能再要回。你们还是把他们带走，让他们做些力所能及的事情吧！”在一旁的门达桑姆听到王子这么一说，赶紧对王子说：

王子快别这样说，
孩子是咱亲骨肉。

十二年跟婆罗门，

由人使唤当侍者。

总算盼到他们归，

犹如伏魔树结花果。

传宗继业不可少，

可用财宝往回赎。

王子听门达桑姆这么一讲，觉得有理，就答应了。然后，他对三位婆罗门说："你们三位请跟我回家去，我准备用财宝赎回三个亲骨肉。"三个婆罗门就跟着王子他们一起往前走。

这时王后家族的侍臣们行走了十二逾缮那远的路程，前去迎接王子夫妇。国王扎巴白也亲自出宫，走了七个逾缮那远的路，去迎接王子儿媳。从碧达国的白玛坚宫廷，途经几个城市，一直到朗唯城，一路上挤满了欢迎的人群。他们高举华盖、幡旗、大扇、拂子、宝幢等物，还有的手持琵琶、碰铃、大串铃、大号等各种乐器，在那里吹奏齐鸣。众人挥舞着八瑞花结此起彼伏，形成了花的海浪。王子夫妇一行到了朗唯城，当地的首领昆司前来向王子夫妇磕头敬礼，并说道：

西落的太阳又升起，

众生的救主王子啊，

从魔山胜利喜归来，

解除了我们俗民之孽罪。

您不顾一切来行善，
这乃是众生之运气。
曾闻您舍弃亲骨肉，
甚至自己两个眼珠子，
对比之下失宝的事，
又有啥值得恋惜？
您的威望高如耸立之雪山，
您的威慑力量使邪敌敬畏。
如此德高望重的王子啊！
请您回到桑岭宫，
以佛法治理国政吧！
但愿我来世再受生，
也能归于您的属下。

然后，他为王子举行了盛大的欢迎仪式。在这个欢迎仪式上，以司坚为首的隶属小国的所有君主以及白玛坚国的君主，每人向王子敬献了一枚金币，以饶桑、敦丹为首的所有人臣，每人向王子敬献了一枚银币。此外，各地的所有俗民百姓，也纷纷前来向王子敬献钱币和帝青宝石、玛瑙、金子等财宝。仪式结束后，王子一行继续前行。

不久之后，他们在白孜梅朵城与国王相遇了。这时，智美更登、门达桑姆及其儿女们，都赶紧上前紧紧握住国王的手。他们抑制不住久别重逢的喜悦，激动地哭了起来。国王见此情景，马上说道："今天是父子团圆的大喜日子，哭泣会冲淡欢乐的气氛，快别哭。"然后，他转身对孙儿女们说："你们快过来，让爷爷抱着你们亲一亲。"可这三个孙儿女都不愿意到国王那里去。国王就问为什么？列丹便出来向爷爷说道：

如意树上掉下的果，
湖中龙王必喜欢。
我们虽是您后代，
却被流放偏僻地。
在荒无人烟山区里，
父亲竟把骨肉舍弃，
又把我们施给婆罗门，
长期替他们当侍者。
剩饭残羹来充饥，
破衣烂衫穿身上，
愚痴无明染全身，
不敢把晦气传给爷爷您。

国王听后，马上叫人为三个王孙沐浴净身，去掉身上的晦气，再换上新衣。随后，他又把婆罗门叫来，给了他们赎列丹的五百个金币、赎列白的五百银币和赎列孜玛的五百头大象。三个婆罗门得到财物后，十分满意地回去了。他们走后，王子对国王说道：

我听从父命去服罪，
到那偏僻恶魔山。
一路日晒和雨淋，
风餐露宿受熬煎。
魔鬼猛兽遍山野，
阴森恐怖实难忍。
在那整整十二年，
野果充饥水当饮。
贪恋世财添烦恼，
愿众生免遭此痛苦。
为父王以及臣民们，
皆能除尽厄运和二障，
望能将国宝财产全施舍，
以聚福慧资量成正果。

国王听后说：

你说之言句句是真谛！
我曾不明事理错怪你，
听信胡言把你逐出去。
途中你把物品都施舍，
就连亲生儿女和眼珠，

施舍尽净也毫不顾惜。
当我听到这许多事迹，
感人肺腑激我愚蒙醒。
相比之下诸事如意宝，
还有什么值得可恋惜？
你的高尚品行已领略，
我从内心深深钦佩你。
以往过失请你多宽恕，
现将所有库存全给你，
由你任意施舍给众生。

说完，国王把三个王孙放在马背上，两手分别拉着王子和王媳步行回宫。在国王的宫殿门口，以王后为首，众妃子个个手拿香烛，都站在宫门外迎接王子。国王慷慨地说道：

仁慈的智美更登，
您和诸事如意国宝，
有缘又回到碧达国。
为此把所有国宝，
以及臣民和国土，
全部交给王子吧！

国王、王后、众妃子及宫内所有侍臣，都非常恭敬地把王子夫妇请到了正殿，并让他们坐在白檀香木宝座上。然后，国王把治国大权正式交给王子。

国王对王子说道：

亲爱的王子你听着，
请你接受我嘱托，
望你挑起治国之重担，
维护尊严公正来执断，
严守教规时时弘佛旨，
严禁不善所造之罪孽，
大力兴建佛殿和经堂，
虔信三宝勤供诸神菩萨。
要以仁慈之心平外乱，
善良温和对待亲、朋、友、民。
老父内心之嘱托，
望儿切记在心间。

接下来，举国上下都为智美更登登基执政而热烈庆祝。王子智美更登继承国王的业绩，开始治理国政。由于王子德高望重，治国有方，国家更加兴旺发达了。有一天，天王和地祇出现在智美更登跟前，说道：

无私行善之结果，
触怒父王被逐废。
经受种种大恶难，

终于回归继王位。
曾为解救众生苦，
亲生骨肉也施给。
难忘某月二十二日，
又挖双眼施他人。
国库财宝不贪恋，
再度施舍尽善行。
善发菩提得正果，
乃是大地一明灯。
你在东方普陀山，
将会受身佛弟子，
弘扬佛法度众生。
你的父王扎巴白，
再过千万次轮回，
将受佛子的加持，
专心一致弘佛意。
母后根颠桑姆她，
受身度母之刹士。
王后门达桑姆她，
受身森哈国国王，
成为德吉的转世。

三位儿女也分别，

受身天竺之南部。

兄弟各为一国王，

小女将在乌仗那，

受身人杂迪儿子。

大臣达瓦桑布他，

将在南尼之圣地，

身为法王贡嘎子。

在那莲花福田里，

殊胜智慧来滋润，

长出粗壮之善树，

盛开五彩之花朵，

结下丰硕之妙果，

成为美满之家园。

但愿我也能受身，

在您足下当侍从。

天王和地祇说完，一转眼就不见了。在一旁的王后门达桑姆问国王智美更登："那两位神仙般的慈祥老人是谁？怎么一会儿小见了？"智美更登对门达桑姆说道：

桑姆听我慢慢说，

园中美丽的哈罗花，

一到秋分要凋谢。
草上一颗颗露珠，
一见阳光就干涸。
天上五色的彩虹，
不过瞬息便消失。
父母子女虽满堂，
不过暂时之安乐。
想到人生本无常，
内心感到有不安。
众生轮回来又去，
来世准备应早做。
所以我想将国权，
交给孩儿来继承。

他们决定把国权交给长子列丹，于是先给他娶了国王格瓦白的女儿。这位公主是空行神母措结的化身。王子成亲后，国王、王后也就放心了。于是智美更登和门达桑姆及大臣达瓦桑布、扎吉、坚增等人，都到森格拉山隐居修行去了。王子列丹继承父业，正式执政。

五年后，智美更登和门达桑姆圆寂的消息被列丹兄弟得悉，他们都很悲痛。

为了纪念父母，他们兴建了一千个金佛塔。

吉祥圆满！